電車で行こう！

北海道新幹線と函館本線の謎。時間を超えたミステリー！

豊田 巧・作
裕龍ながれ・絵

集英社みらい文庫

目次《もくじ》

高橋雄太《たかはしゆうた》

どれだけ電車《でんしゃ》に乗《の》ってもあきない！
電車《でんしゃ》のことならなんでも来《こ》いな五年生《ねんせい》

的場大樹《まとばたいき》

情報収集《じょうほうしゅうしゅう》と分析《ぶんせき》は大得意《だいとくい》！
時刻表《じこくひょう》をすみずみまで知《し》りつくす知性派《ちせいは》

小笠原未来《おがさわらみらい》
電車《でんしゃ》を撮《と》るのが大好《だいす》き！
誰《だれ》とでも仲良《なかよ》くなれる
アクティブな女《おんな》の子《こ》
レオンハルト・フォン・ヒルデスハイム
ルヒタンシュタイン公国《こうこく》の公子《こうし》＝本物《ほんもの》の
王子《おうじ》さまで、電車《でんしゃ》が超《ちょう》☆大好《だいす》き
今野七海《こんのななみ》
電車《でんしゃ》のことをもっと知《し》り
たい！　ただいま勉強中《べんきょうちゅう》
のおっとりしたお嬢《じょう》さま

1 サマーパーティ！

六月《がつ》に入《はい》ったばかりのある日《ひ》。

僕《ぼく》らT3《ティースリー》の四人《よにん》は、とあるサマーパーティに招《まね》かれた。

ちなみにT3《ティースリー》は、『エンドートラベル』って旅行会社《りょこうがいしゃ》が作《つく》った小学生《しょうがくせい》が電車旅行《でんしゃりょこう》するチーム『Train Travel Team《トレイン・トラベル・チーム》』の略《りゃく》なんだよ。

サマーパーティって、知《し》ってる？

サマーは英語《えいご》で夏《なつ》って意味《いみ》。つまり、夏《なつ》に戸外《こがい》で開《ひら》かれるパーティのことなんだ。

ヨーロッパでは、短《みじか》い夏《なつ》を楽《たの》しむために、サマーパーティがよく開《ひら》かれるんだって。

僕《ぼく》たちが招待《しょうたい》されたのは、南麻布《みなみあざぶ》にある、ルヒタンシュタイン公国《こうこく》の大使館《たいしかん》。

大使館《たいしかん》というのは、日本《にほん》と国交《こっこう》がある国《くに》の大使《たいし》や役人《やくにん》が働《はたら》く場所《ばしょ》で、大使《たいし》たちは日本《にほん》に住《す》むその国《くに》の人々《ひとびと》の面倒《めんどう》をみたり、日本《にほん》との関係《かんけい》を深《ふか》くするためのさまざまなことに関《かか》わっているんだよ。

そんなすごいところに、招待《しょうたい》されるなんて、びっくりだよね。

僕《ぼく》らが招《まね》かれたのには一《ひと》つ理《り》由《ゆう》がある。

それは、新幹線《しんかんせん》で北陸《ほくりく》に行《い》った時《とき》に知《し》り合《あ》ったレオンが、ルヒタンシュタイン公国《こうこく》の公《こう》子《し》で、この夏《なつ》にまた日本《にほん》に来《き》たからなんだ（くわしくは『電車《でんしゃ》で行《い》こう！ 北陸新幹線《ほくりくしんかんせん》とアルペンルートで、極秘《ごくひ》の大脱出《だいだっしゅつ》！』を見《み》てね）。

ルヒタンシュタイン公国《こうこく》はヨーロッパにあるとても小《ちい》さな国《くに》だ。

国土面積《こくどめんせき》は、僕《ぼく》の住《す》んでいる相模原市《さがみはらし》の半分《はんぶん》くらい。

でもちゃんと国連《こくれん》にも加盟《かめい》しているし、国民《こくみん》も三万人《まんにん》くらいいるんだって。

ルヒタンシュタイン公国《こうこく》を治《おさ》めるのは、日本《にほん》のような総理大臣《そうりだいじん》でも、アメリカのような大統領《だいとうりょう》でもなく、『公爵《こうしゃく》』という名称《めいしょう》の王様《おうさま》。それがレオンのお父《とう》さんで、レオンこと、レオンハルト・フォン・ヒルデスハイムはいずれ国《くに》のトップに立《た》つことが運命《うんめい》づけられている。

そして、レオンは僕《ぼく》らと同《おな》じ小学《しょうがく》五年生《ねんせい》。

レオンとの出会《であ》いは、今思《いまおも》い出《だ》しても奇跡《きせき》だとしか思《おも》えない。

僕《ぼく》らはその時《とき》、東京駅《とうきょうえき》から金沢《かなざわ》に向《む》かうE7《イー》系北陸新幹線《けいほくりくしんかんせん》に乗車《じょうしゃ》したばかりだった。

デッキで景色《けしき》を見《み》ていたら、レオンに「私《わたし》はスパイで敵《てき》に追《お》われている！」なんて言《い》われたんだ。

僕《ぼく》と大樹《たいき》と高校生《こうこうせい》の遥《はるか》さんはびっくりして、レオンを逃《に》がさなくちゃと必死《ひっし》になって、四人《よにん》で立山黒部《たてやまくろべ》アルペンルートを必死《ひっし》に駆《か》けまわった。

結局《けっきょく》、黒部《くろべ》ダムに先回《さきまわ》りされ、レオンはつかまっちゃったんだけど。

そこで僕《ぼく》らは真相《しんそう》を知《し》り、二度目《どめ》のびっくり。

だって、追《お》いかけてきていたのは、敵《てき》でもなんでもない、レオンのお世話《せわ》をしていた執事《しつじ》さんたちだったんだから。

レオンはルヒタンシュタイン公国《こうこく》のお仕事《しごと》で日本《にほん》に来《き》たんだけど、まったくお休《やす》みがなくて日本《にほん》の大好《だいす》きな電車《でんしゃ》にも乗《の》れなかったから、東京駅《とうきょうえき》で逃《に》げ出《だ》しちゃったんだってさ。

僕《ぼく》らもレオンに、まんまとだまされちゃったってわけなんだけど、ちっとも怒《おこ》る気《き》にはなれなかった。

日本《にほん》の電車《でんしゃ》に乗《の》りたいという、レオンの気持《きも》ちがすごくよくわかったから。

レオンは僕《ぼく》らと同《おな》じで、電車《でんしゃ》に乗《の》るのが好《す》きな鉄道《てつどう》ファンだったんだ。

そして僕《ぼく》らは友《とも》だちになった。

そんなレオンが今年《ことし》の夏《なつ》、再《ふたた》び日本《にほん》にやってきて、「北陸《ほくりく》で迷惑《めいわく》をおかけしたおわびとして」と、僕《ぼく》らT３全員《ティースリーぜんいん》を大使館《たいしかん》のサマーパーティに招待《しょうたい》してくれたんだ。

ルヒタンシュタイン公国《こうこく》の大使館《たいしかん》は、まるでテーマパークにある小《ちい》さなお城《しろ》みたいなすてきな建物《たてもの》だった。

大使館《たいしかん》へ入《はい》った僕《ぼく》らは、案内《あんない》されて中庭《なかにわ》へ通《とお》された。

真《ま》っ白《しろ》い建物《たてもの》の前《まえ》に、緑《みどり》の芝生《しばふ》が広《ひろ》がっている。

庭《にわ》の真《ま》ん中《なか》に、キャンバス地《じ》のテントが張《は》られ、白《しろ》いクロスをかけられたガーデンテーブルがいくつも置《お》かれている。テーブルの上《うえ》には銀《ぎん》のお皿《さら》に肉《にく》やサラダ、サンドイッチ、大《おお》きな盛《も》り花《ばな》が並《なら》んでいた。

そしてその横《よこ》には、白《しろ》い服《ふく》を着《き》て背《せ》の高《たか》い帽子《ぼうし》をかぶったコックさんが、大《おお》きなバーベキューコンロで次《つぎ》から次《つぎ》へと美味《おい》しそうな食《た》べものを焼《や》いていた。

すでにたくさんの人《ひと》がいて、飲《の》みものを飲《の》んだり楽《たの》しそうに話《はなし》をしている。

みんな家族《かぞく》で遊《あそ》びにきたみたいで、広《ひろ》い庭《にわ》には、大人《おとな》ばかりじゃなく、僕《ぼく》らみたいな小《しょう》学生《がくせい》くらいの子《こ》もたくさんいた。

さすが王子《おうじ》さまのサマーパーティ。

芝生《しばふ》の横《よこ》には大《おお》きなプールまであり、その傍《かたわ》らで小《ちい》さなオーケストラが優雅《ゆうが》なメロディを奏《かな》でている。

「すごぉぉぉい！」

未来《みらい》のテンションが高《たか》まっているのがわかる。

僕《ぼく》も未来《みらい》と同感《どうかん》！

休《やす》みの日《ひ》には女子《じょし》サッカーなんかもやっている小笠原未来《おがさわらみらい》は、いつも動《うご》きやすそうな格《かっ》好《こう》で走《はし》りまわりながら電車《でんしゃ》の写真《しゃしん》を撮《と》るのが好《す》きな『撮《と》り鉄《てつ》』。

でも、今日《きょう》はさすがにG《ジー》パンってわけにはいかなくて、未来《みらい》にしてはめずらしくシンプルな白《しろ》のミニワンピースドレスを着《き》ていた。

「未来《みらい》もそんな服持《ふくも》っているんだね」

ヘヘ～ンと未来《みらい》が鼻《はな》を高《たか》くする。

「これはお姉《ねえ》ちゃんからもらったのっ。お姉《ねえ》ちゃんが、おばさんの結婚式《けっこんしき》に出《で》る時《とき》に作《つく》ってもらった服《ふく》なんだ」

未来《みらい》は次女《じじょ》で、上《うえ》には一人《ひとり》お姉《ねえ》ちゃんがいるんだ。

そして見返《みかえ》すように、じっと僕《ぼく》を見《み》る。

「そういう雄太《ゆうた》のほうこそ、どうしたの、ブレザーなんか着《き》ちゃって」

大使館《たいしかん》でのパーティってことで、僕《ぼく》も今日《きょう》はカジュアルな格好《かっこう》じゃなくて、金《きん》ボタンの付《つ》いた紺《こん》のブレザーにカーキのチノパン。僕《ぼく》は両手《りょうて》で前《まえ》を開《ひら》いてピカピカのブレザーを広《ひろ》げて見《み》せた。

「だって今日《きょう》のための新品《しんぴん》なんだもん」

僕《ぼく》、高橋雄太《たかはしゆうた》は電車《でんしゃ》に乗《の》るのが大好《だいす》きな『乗《の》り鉄《てつ》』だ。

「母《かあ》さんが『大使館《たいしかん》へ行《い》くんだから、ちゃんとした格好《かっこう》しなきゃダメでしょ！』って、一人《ひとり》で勝手《かって》に盛《も》りあがっちゃってさ……」

ブレザーでかたっ苦《くる》しくなった肩《かた》をクイクイと回《まわ》した僕《ぼく》を見《み》て、未来《みらい》はあははと声《こえ》をあげて笑《わら》った。

それから後《うし》ろを振《ふ》り向《む》いて、大樹《たいき》と七海《ななみ》ちゃんを見《み》た。

「やっぱり、大樹君《たいきくん》と七海《ななみ》ちゃんは、決《き》まってるね」

「そんなことないですよ。雄太《ゆうた》のような新《あたら》しいものじゃないですし。ただ大使館《たいしかん》のパーティということで、今日《きょう》は少《すこ》し、がんばってきました」

ふっと大樹《たいき》は微笑《ほほえ》んだ。

的場大樹《まとばたいき》は時刻表《じこくひょう》や鉄道雑誌《てつどうざっし》を読《よ》むのが好《す》きな『時刻表鉄《じこくひょうてつ》』。

今日《きょう》は黒《くろ》いピタリとしたズボンにグレーの細身《ほそみ》のジャケット。

白《しろ》いワイシャツの首元《くびもと》には黒《くろ》い蝶《ちょう》ネクタイをして、上着《うわぎ》の胸《むね》ポケットにはチーフが少《すこ》しだけ見《み》えている。

大樹《たいき》は普段《ふだん》から、こういった大人《おとな》っぽい格好《かっこう》をしているんだ。

その横《よこ》に立《た》つ七海《ななみ》ちゃんは、すそがふわっと広《ひろ》がったピンクのドレス姿《すがた》。

いつもこんな感《かん》じのお嬢《じょう》さまスタイルだ。

「七海《ななみ》ちゃんて、すごくピンクが似合《にあ》うよね」

いいな～という目《め》をする未来《みらい》に、七海《ななみ》ちゃんはふふっと笑《わら》って、手《て》を左右《さゆう》に振《ふ》った。

「そんなことないよぉ～」

今野《こんの》七海《ななみ》ちゃんは、私立《しりつ》のお嬢《じょう》さま学校《がっこう》に通《かよ》っていて、お父《とう》さんはデザイン会社《がいしゃ》の社長《しゃちょう》さんなんだ。

まだまだ鉄道《てつどう》のことはくわしくないけれど、今《いま》、ものすごい勢《いきお》いで勉強中《べんきょうちゅう》。

そしてこの四人《よにん》以外《いがい》に、T3《ティースリー》のメンバーはもう一人《ひとり》！

アイドルの森川《もりかわ》さくらちゃんがいる。でも、さくらちゃんはハリウッド映画《えいが》に挑戦《ちょうせん》するため、今《いま》、アメリカでがんばっているんだ。

それでもって、みんな、小学《しょうがく》五年生《ねんせい》。

「I'm glad to T3 members come to the party. Would you like something to welcome-drink?《アイム グラッド トゥ ティースリー メンバーズ カム トゥ ザ パーティ ウッデュー ライク サムシング トゥ ウエルカム ドリンク》

（T3《ティースリー》のみなさん。よくいらっしゃいました。ウェルカムドリンクはいかがですか？）」

その時《とき》、執事長《しつじちょう》のブルクハルトさんが僕《ぼく》らに声《こえ》をかけた。その後《うし》ろには、飲《の》みものが入《はい》ったグラスをたくさん載《の》せたトレーを片手《かたて》で支《ささ》えた人《ひと》が立《た》っている。

ふっ、ふわぁ～英語《えいご》だ――っ!!

僕《ぼく》は、目《め》を何度《なんど》もしばたたいた。

鉄道《てつどう》で使《つか》うようなドクターイエローとかパンタグラフといった英語《えいご》だったらすぐにわかるけど、学校《がっこう》で習《なら》うような英会話《えいかいわ》は全然得意《ぜんぜんとくい》じゃない。

特《とく》に外国《がいこく》の人《ひと》から話《はな》しかけられたら、僕《ぼく》はすぐにドキドキしてしまう。

「うっ、うっ、うえから、どんぐり!?」

あせる僕《ぼく》の肩《かた》を、七海《ななみ》ちゃんがニコニコ笑《わら》いながらポンポンとたたく。

「雄太君《ゆうたくん》、『ウェルカムドリンク』。パーティ会場《かいじょう》で最初《さいしょ》に出《で》る飲《の》みもののことよ～」

「テレビドラマで見《み》るような、本当《ほんとう》の執事《しつじ》さんだ！」

びっくりした未来《みらい》は、くわっと口《くち》を開《あ》いたまま固《かた》まっている。

ブルクハルトさんとは、黒部《くろべ》ダムで出会《であ》った。

あの時《とき》は黒《くろ》いサングラスなんかしていて、まるで敵《てき》のスパイそのものだったけれど、今日《きょう》は穏《おだ》やかな表情《ひょうじょう》で、ダークスーツをぴしっと着《き》こなしている。

未来《みらい》と七海《ななみ》ちゃんは、ブルクハルトさんと会《あ》うのは、今日《きょう》が初《はじ》めて。

「いかにも。私《わたくし》はレオンハルト様《さま》の執事長《しつじちょう》を務《つと》めております、ブルクハルトと申《もう》します。以後《いご》、お見知《みし》りおきを……」

「こちらこそ、どうぞよろしくお願《ねが》いします」

七海《ななみ》ちゃんは、優雅《ゆうが》にお辞儀《じぎ》をした。未来《みらい》がはっとして、ぺこりと頭《あたま》を下《さ》げる。

「お嬢《じょう》さまがた、ドリンクはどれを？」

「じゃあ〜私《わたし》はオレンジジュースを」

トレーを持《も》った男《おとこ》の人《ひと》が、オレンジジュースを未来《みらい》にさっと差《さ》し出《だ》した。

「あ、サンキュー」

未来《みらい》はグラスを受《う》け取《と》り、きゅっと笑《わら》った。

大樹《たいき》は炭酸入《たんさんい》りのミネラルウォーターを、僕《ぼく》と七海《ななみ》ちゃんはグレープフルーツジュースをもらった。

「では、ごゆっくりお楽《たの》しみください」

ブルクハルトさんが軽《かる》く頭《あたま》を下《さ》げて、僕《ぼく》らの側《そば》から離《はな》れていく。その時《とき》、

『おぉ〜!!』

会場《かいじょう》の人々《ひとびと》が、いっせいに大《おお》きな声《こえ》をあげた。

「なんだろう？」

僕《ぼく》らが大使館《たいしかん》の建物《たてもの》に目《め》を向《む》けると、白《しろ》い扉《とびら》が開《ひら》き、レオンがさっそうと出《で》てきた。

「うわぁ〜本当《ほんとう》に王子《おうじ》さまだぁ〜！」

七海《ななみ》ちゃんの目《め》が、キラリ〜ンと☆になった。

レオンは、スラッとした真《ま》っ白《しろ》なズボンに、金《きん》ボタンが二列《れつ》に並《なら》んだ白《しろ》い制服《せいふく》をパリッと着《き》こなしている。

七海《ななみ》ちゃんが言《い》うとおり、おとぎ話《ばなし》に出《で》てくる王子《おうじ》さまみたい。

上着《うわぎ》の肩《かた》の金《きん》モールの飾《かざ》りが、太陽《たいよう》を受《う》けてキラリと光《ひか》る。

胸元《むなもと》には、ルヒタンシュタイン公国《こうこく》のエンブレムがほこらしげに輝《かがや》いていた。

レオンは庭《にわ》を歩《ある》きながら、一人一人《ひとりひとり》に気楽《きらく》に声《こえ》をかけながら歩《ある》く。

声《こえ》をかけられた人《ひと》たちは顔《かお》を赤《あか》らめて、みんなうれしそうに微笑《ほほえ》んだ。

こういうのを見《み》ると、レオンは「やっぱり王子《おうじ》さまだ！」って感《かん》じがするなぁ。

やがて、レオンは僕《ぼく》らのところへもやってきた。

「よく来《き》てくれたね。雄太《ゆうた》……大樹《たいき》も」

僕《ぼく》と大樹《たいき》は、レオンとかわるがわる握手《あくしゅ》する。

それから僕《ぼく》はT3《ティースリー》の女子《じょし》メンバーを紹介《しょうかい》した。

「こっちが今野七海《こんのななみ》ちゃん」

僕《ぼく》が右手《みぎて》を出《だ》して紹介《しょうかい》すると、七海《ななみ》ちゃんはちょこんとひざを曲《ま》げて頭《あたま》を下《さ》げた。

「Thank you《サンキュー》 for《フォー》 inviting《インヴァイティング》 me《ミー》 today《トゥディ》（今日《きょう》はお招《まね》きいただきありがとうございます）」

「I'm《アイム》 Leon《レオン》. You're《ユア》 so《ソウ》 cute《キュート》（私《わたし》はレオン。あなたはとてもかわいいですね）」

七海《ななみ》ちゃんは肩《かた》をすくめてふふっと笑《わら》った。

「Thank you《サンキュー》!（ありがとう）」

「七海《ななみ》さん、私《わたし》は日本語《にほんご》がわかりますから、日本語《にほんご》でかまいませんよ」

レオンが微笑《ほほえ》むと、胸《むね》に手《て》を当《あ》てた七海《ななみ》ちゃんはふぅと息《いき》をはいた。

「よかったぁ。私《わたし》も英会話《えいかいわ》はあまり得意《とくい》じゃないから～」

次《つぎ》の瞬間《しゅんかん》、レオンは七海《ななみ》ちゃんの手《て》をすっと取《と》った。

もしかしてっ！　北陸新幹線《ほくりくしんかんせん》で遥《はるか》さんにやったことをやるんじゃ!?

大樹《たいき》も同じことを思《おも》ったらしく、僕《ぼく》とパシッと目《め》が合《あ》った。

前《まえ》にレオンは初《はじ》めて会《あ》った遥《はるか》さんの手《て》の甲《こう》に、チュッとキスをしたのだ！

僕《ぼく》と大樹《たいき》は身構《みがま》えて、レオンをにらんだ。

その視線《しせん》に気《き》がついたのか、レオンが僕《ぼく》らを見《み》て眉《まゆ》を上《あ》げた。

「大丈夫《だいじょうぶ》だよ。もう、〝この前《まえ》みたいなこと〟はしないから」

七海《ななみ》ちゃんがきょとんとして、僕《ぼく》と大樹《たいき》と、レオンを交互《こうご》に見《み》た。

「この前《まえ》みたいなことって？」

「あっはは……なんでもないんだ。な、大樹《たいき》」

「ええ、なんでもありません。ご心配《しんぱい》なく」

「……なんだか変《へん》なの」

「どうぞ、なにもお気《き》になさらず。七海《ななみ》さん」

レオンは額《ひたい》に少《すこ》し汗《あせ》を浮《う》かべながら握手《あくしゅ》し終《お》えると、未来《みらい》に向《む》き直《なお》った。僕《ぼく》は気《き》を取《と》りなおし、紹介《しょうかい》する。

「そして、こっちが小笠原《おがさわら》未来《みらい》。未来《みらい》は鉄道《てつどう》の写真《しゃしん》を撮《と》るのが好《す》きな『撮《と》り鉄《てつ》』なんだ」

「はじめまして。小笠原未来《おがさわらみらい》で〜す!!」

未来《みらい》はズンッと、右手《みぎて》を前《まえ》へ突《つ》き出《だ》した。

今日《きょう》はかわいい女《おんな》の子《こ》っぽいドレスを着《き》ているけど、中身《なかみ》はまったくいつもと変《か》わらない元気《げんき》いっぱいな未来《みらい》だ。

「Ogasawara……Mirai?（小笠原未来《おがさわらみらい》？）」

その時《とき》、レオンの顔《かお》がふっと真面目《まじめ》になった気《き》がした。

「はい！　レオンが雄太《ゆうた》の友《とも》だちってことは、私《わたし》とも鉄《てつ》トモってこと。だから、〝未来《みらい》〟って呼《よ》んでね！」

未来《みらい》は、すぐに人《ひと》と仲良《なかよ》くなれるタイプ。

だから、こういう時《とき》でも人見知《ひとみし》りしてモジモジすることもなく、最初《さいしょ》っからバーンと全速力《ぜんそくりょく》で話《はな》すことができるんだ。

あっ、あれ？　どうしたんだ、レオンのやつ。

なにか考《かんが》えこんでいる感《かん》じ。

あんまりにもボケ〜としているから、未来《みらい》のほうからレオンの手《て》を取《と》っちゃった。

「あっ……あっ……未来《みらい》……」

「よろしくね。レオン！」

その手《て》を未来《みらい》は、元気《げんき》よくブンブン上下《じょうげ》に振《ふ》った。

レオンははっと顔《かお》を上《あ》げ、未来《みらい》の顔《かお》をのぞきこむ。

「未来《みらい》……。あなたとは、どこかでお会《あ》いしたことがありますよね？」

「えっ？　私《わたし》とレオンが？」

「私《わたし》はあなたをどこかで見《み》たと思《おも》います！」

「え〜っ？」

未来《みらい》はレオンの手《て》を持《も》ったまま、頭《あたま》に「？」をうかべて首《くび》をかしげた。

「一目見《ひとめみ》た瞬間《しゅんかん》、私《わたし》はそう感《かん》じたんですからっ！」

真剣《しんけん》なレオンの顔《かお》を見《み》ていた未来《みらい》は、ふわっと笑《わら》って、首《くび》を横《よこ》に振《ふ》った。

「会《あ》うのは初《はじ》めてだよ。私《わたし》は外国《がいこく》になんて行《い》ったことがないし。こんなパーティに出《で》るのも初《はじ》めて。それに、もし、会《あ》ったとしたら、忘《わす》れるはずないもん。もしかして誰《だれ》かと間違《まちが》えているんじゃない？」

「そ、そうだろうか……」

レオンは「あれ？」って感《かん》じで首《くび》をひねった。僕《ぼく》は思《おも》わずぷっと噴《ふ》きだした。

「未来《みらい》の言《い》うとおりだよ。レオンは今回《こんかい》で日本《にほん》は二回目《かいめ》だろ？」

「ああ。前《まえ》は雄太《ゆうた》たちと会《あ》って北陸《ほくりく》へ行《い》った時《とき》で……」

「あの時《とき》、未来《みらい》はずっと茅《ち》ヶ崎《がさき》にいたはずだから、東京駅《とうきょうえき》や北陸《ほくりく》、立山黒部《たてやまくろべ》アルペンルートで出会《であ》うなんてことはできなかったはずだよ」

「そっ、そうか……では、勘違《かんちが》いか……いや、でも……」

やさしく未来《みらい》の手《て》を離《はな》したレオンは、完全《かんぜん》には納得《なっとく》していないようだった。

「世界《せかい》には『自分《じぶん》のそっくりさんが三人《にん》はいる』と言《い》われていますからね」

大樹《たいき》はレオンに向《む》かって微笑《ほほえ》んだ。

「そうかもしれないが……、そういう感《かん》じじゃないんだ」

「では、どういう感《かん》じなんですか？」

遠《とお》くを見《み》つめるような目《め》をして、レオンがつぶやく。

「とても昔《むかし》に出会《であ》った……。そんな気《き》がするんだ……」

そう言《い》ったきり、レオンは口《くち》を閉《と》じる。
すると、七海《ななみ》ちゃんが、胸《むね》の前《まえ》でパチンと両手《りょうて》を合《あ》わせた。その目《め》がキラキラ光《ひか》ってる。

「きっと、前世《ぜんせ》で出会《であ》っているんじゃないかしら――――!!」

『前世《ぜんせ》――――!?』
思《おも》わずみんなで聞《き》き返《かえ》してしまった。
「そうっ！　一《ひと》つ前《まえ》の人生《じんせい》で、実《じつ》は二人《ふたり》はおつきあいしていたのよ！」
七海《ななみ》ちゃんは夢《ゆめ》を見《み》ているような目《め》で続《つづ》けた。
一《ひと》つ前《まえ》の人生《じんせい》って……。
また、七海《ななみ》ちゃんのスイッチが入《はい》っちゃった。
七海《ななみ》ちゃんは「運命的《うんめいてき》」とか「まるで魔法《まほう》みたい」とかそんなのが大好《だいす》きなんだ。
でも、これには「そうだねっ！」とも「違《ちが》うよ」とも言《い》えない。
目《め》をくりくりさせている七海《ななみ》ちゃんを見《み》て、頭《あたま》を抱《かか》えたくなった。

「ねぇねぇ、七海《ななみ》ちゃん……」

「雄太君《ゆうたくん》もそう思《おも》うでしょっ？」

七海《ななみ》ちゃんはさらに詰《つ》めよってくる。

「いやぁ……だからさぁ……」

その時《とき》だった。ブルクハルトさんがすっとやってきてレオンに伝《つた》えた。

「殿下《でんか》。来週日曜日《らいしゅうにちようび》に行《い》く『函館《はこだて》フェスティバル』のことで、北海道庁《ほっかいどうちょう》の方《かた》があちらで少《すこ》しお話《はなし》をしたいとのことです」

少《すこ》し先《さき》にはグレーのスーツを着《き》た二人《ふたり》のおじさんが立《た》っていた。

「あぁ、『姉妹都市二十周年記念式典《しまいとしにじゅっしゅうねんきねんしきてん》』か」

「そうです。日本《にほん》の北海道《ほっかいどう》の『函館《はこだて》』と、わがルヒタンシュタイン公国《こうこく》の『ウッシェン』が姉妹都市《しまいとし》となって二十周年《にじゅっしゅうねん》ということで、函館《はこだて》のイベントスペースで記念《きねん》フェスティバルが開《ひら》かれるのです」

函館《はこだて》かぁ〜！　いいなぁ、僕《ぼく》も行《い》きたいなぁ。

「レオン。函館《はこだて》へ行《い》くのか？」

「ああ。公務《こうむ》なんだ。要《よう》するに『し・ご・と』さ」

「仕事《しごと》でもいいじゃん。電車《でんしゃ》にいっぱい乗《の》れるんだからさぁ。いいなぁ〜」

僕《ぼく》は首《くび》の後《うし》ろに両手《りょうて》を組《く》みながら言《い》った。

「電車《でんしゃ》？　函館《はこだて》へ行《い》くには飛行機《ひこうき》に決《き》まってるじゃないか。なぁ、ブルクハルト」

「はい、殿下《でんか》。羽田空港《はねだくうこう》から函館空港《はこだてくうこう》までの飛行機《ひこうき》を手配《てはい》しております。新幹線《しんかんせん》は青森県《あおもりけん》の新青森《しんあおもり》までしかございませんし、そこから在来線《ざいらいせん》ではかなりの時間《じかん》がかかりますので……」

それを聞《き》いた僕《ぼく》は、びっくりして大《おお》きな声《こえ》をあげた。

「えっ!?　新幹線《しんかんせん》が新青森《しんあおもり》までしかないって!?」

ブルクハルトさんは、きょとんとした顔《かお》で僕《ぼく》を見《み》つめる。

「先日来日《せんじつらいにち》した時《とき》は『新幹線《しんかんせん》は新青森《しんあおもり》まで』とうかがいましたが」

もしかして、二人《ふたり》は北海道新幹線《ほっかいどうしんかんせん》が開通《かいつう》したことを、知《し》らない？

大樹《たいき》が、僕《ぼく》を見《み》て、うなずく。

その目《め》が、考《かんが》えが同《おな》じだといっている。

レオンたちが、北海道新幹線《ほっかいどうしんかんせん》の開通《かいつう》を知《し》らなくたって無理《むり》はない。

僕《ぼく》らだってヨーロッパの鉄道《てつどう》の新《あたら》しい路線《ろせん》が開通《かいつう》したかどうかなんて、そこまではなかなかわからないもんね。

「東京《とうきょう》から函館《はこだて》まで、新幹線《しんかんせん》で行《い》けるようになったんですよ」

大樹《たいき》がレオンとブルクハルトさんに向《む》かって言《い》った。

『え――――っ!?　北海道《ほっかいどう》まで新幹線《しんかんせん》で行《い》けるって!?』

二人《ふたり》は声《こえ》をそろえて思《おも》いっきり驚《おどろ》いた。

「ええ、函館近《はこだてちか》くの新函館北斗《しんはこだてほくと》まで、北海道新幹線《ほっかいどうしんかんせん》が通《とお》ったんです」

「なっ、なんと……さすが日本《にほん》のJR《ジェイアール》。新幹線《しんかんせん》をさらに延長《えんちょう》していたとは……」

大樹《たいき》の説明《せつめい》を聞《き》いたブルクハルトさんは、フムフムとうなずきながら口元《くちもと》に手《て》を当《あ》てた。

「では、さっそく航空券《こうくうけん》をキャンセルし、新幹線《しんかんせん》のきっぷの手配《てはい》を……」

すっと頭《あたま》を下《さ》げて、その場《ば》から去《さ》ろうとしたブルクハルトさんに、レオンは声《こえ》をかける。

「待《ま》て、ブルクハルト。……それだけでいいと思《おも》っているのかい？」

「どういう意味《いみ》でございますか、殿下《でんか》」

驚《おどろ》いた顔《かお》でブルクハルトさんがレオンを見《み》つめた。

「もしここでＴ３《ティースリー》の彼《かれ》らに教《おし》えてもらえなかったら、私《わたし》は北海道新幹線《ほっかいどうしんかんせん》に乗《の》る、またとないチャンスを失《うしな》うところだったのだ」

「……はぁ。それはそうでございますが」

チッチッと舌《した》を鳴《な》らしながらレオンは首《くび》を横《よこ》に振《ふ》った。

「ブルクハルトは甘《あま》いな～」

「私《わたくし》が甘《あま》いですと？」

「私《わたし》がもし空路《くうろ》で函館《はこだて》に着《つ》いてから『実《じつ》は新幹線《しんかんせん》も通《とお》っていた』なんて事実《じじつ》を知《し》ってみろ。鉄道好《てつどうず》きの私《わたし》は、いつぞやの時《とき》のように、北海道新幹線《ほっかいどうしんかんせん》に乗《の》りにその場《ば》から脱走《だっそう》したかもしれないのだぞ」

「……!!」

「そうしたらせっかくの日本《にほん》とルヒタンシュタインの姉妹都市《しまいとし》二十周年《にじゅっしゅうねん》を祝《いわ》うイベントはどうなっただろう。ルヒタンシュタイン公国《こうこく》の代表者《だいひょうしゃ》である私《わたし》が現《あらわ》れず、現場《げんば》は大混乱《だいこんらん》におちいりかねなかった……ブルクハルト、そうは思《おも》わないか？」

ブルクハルトさんが、はぁっとため息《いき》をついた。

「ええ、おっしゃるとおりでしょう。残念《ざんねん》ながら当日《とうじつ》の朝《あさ》から、殿下《でんか》を探《さが》しまわる羽目《はめ》になっている自分《じぶん》が見《み》えるような気《き》がします」

レオンは「それ見《み》たことか」と言《い》わんばかりの笑顔《えがお》。

「であろう？　ということは……これはブルクハルトの失態《しったい》であり、ここにいるT3《ティースリー》の面々《めんめん》のおかげで、その失態《しったい》をカバーしてもらった……というわけだ」

すごいやぁ。レオンは大人《おとな》のブルクハルトさんを手玉《てだま》に取《と》っている。

ブルクハルトさんは、またため息《いき》をつくと、あごに手《て》を当《あ》てた。

「それで、殿下《でんか》はなにをたくらんでいらっしゃるのですか」

「たくらんでいるとは、人聞《ひとぎ》きが悪《わる》い……」

レオンはすました顔《かお》で言《い》う。

「では改《あらた》めてお聞《き》きしましょう。私《わたくし》の失態《しったい》をカバーしてくださったT3《ティースリー》のみなさんに、なにかお礼《れい》をお考《かんが》えということでしょうか」

レオンは口《くち》に手《て》を当《あ》て、こほっと小《ちい》さく咳《せき》をしてふっと笑《わら》った。

「いや、お礼《れい》というようなものではない。執事長《しつじちょう》であるブルクハルトをはじめ、私《わたし》のスタッフは日本《にほん》の鉄道《てつどう》に不慣《ふな》れすぎる。……そこで、彼《かれ》らT3《ティースリー》の諸君《しょくん》に私《わたし》の私設観光《しせつかんこう》ガイドを担当《たんとう》してもらいたいと思《おも》うのだがね」

「なるほど、そうきましたか……」

ブルクハルトさんが眉《まゆ》を上《あ》げ、僕《ぼく》らを見《み》つめた。

え――っ!?　レオンの観光《かんこう》ガイドを、僕《ぼく》らが!?

「そっ、そんな……僕《ぼく》らにそんなすごいことは――」

遠慮《えんりょ》して断《ことわ》ろうとした僕《ぼく》を未来《みらい》がさえぎった。

「は――い!!　任《まか》せてくださ――い!!」

背伸《せの》びするように、ピョンピョンとはねる。

「みっ、未来《みらい》。僕《ぼく》らにレオンの観光《かんこう》ガイドなんて無理《むり》だよ」

未来《みらい》はニッと笑《わら》うと、ピッと指《ゆび》を伸《の》ばして大樹《たいき》を指《さ》した。

「大丈夫《だいじょうぶ》！　大樹君《たいきくん》がいるからっ！」

最初《さいしょ》から大樹《たいき》に丸投《まるな》げかっ！

今度《こんど》は大樹《たいき》がぴしっと足《あし》をそろえて、大《おお》きくうなずいた。

「僕《ぼく》の知識《ちしき》などでお役《やく》に立《た》てるか自信《じしん》はありませんが、来週《らいしゅう》までにキッチリ調《しら》べてレオンの観光《かんこう》ガイドができるように、力《ちから》をつくします」

大樹《たいき》はカチャリとメガネのフレームに手《て》をそえた。

「よーしっ！　みんなでレオンを応援《おうえん》してあげようよ！」

こういう時《とき》には、ドンと盛《も》りあがっちゃうタイプの七海《ななみ》ちゃんが、グーにした右手《みぎて》を「おうっ」と高《たか》く挙《あ》げた。

レオンが僕《ぼく》の目《め》をのぞきこむ。

「雄太《ゆうた》もいいだろう？　北陸《ほくりく》のこともあるし、これは僕《ぼく》からのおわびということで、どうかな？」

レオンが右目《みぎめ》でウィンクする。

もちろん、「前回《ぜんかい》のおわび」と言《い》われたら僕《ぼく》も断《ことわ》る理由《りゆう》はない。

だって、僕《ぼく》は北陸《ほくりく》の時《とき》、本当《ほんとう》にレオンのことを心配《しんぱい》して、ものすごくドキドキハラハラしたんだからね。でも、そのおかげでいっぱい電車《でんしゃ》に乗《の》れたんだけど。

僕《ぼく》は一歩《いっぽ》、レオンに足《あし》を進《すす》めると、首《くび》を縦《たて》に振《ふ》った。

「ありがとう、レオン。じゃあ、観光《かんこう》ガイドを引《ひ》き受《う》けさせてもらうよ。僕《ぼく》も一度《いちど》、北海《ほっかい》道新幹線《どうしんかんせん》に乗《の》りたいと思《おも》っていたんだ」

レオンはパチンと右《みぎ》の指《ゆび》を鳴《な》らして、ブルクハルトさんを見上《みあ》げた。

「では、そういうことで頼《たの》むぞ、ブルクハルト」

「かしこまりました」

ブルクハルトさんは僕《ぼく》らを見《み》まわして、ニコリと笑《わら》い、うなずいた。

「よしっ、では、T3《ティースリー》の諸君《しょくん》、来週《らいしゅう》は北海道新幹線《ほっかいどうしんかんせん》に乗《の》って函館《はこだて》へ行《い》こう！」

『やったぁ――――!!』

ヴァイオリンの優雅《ゆうが》な響《ひび》きが流《なが》れる中《なか》、僕《ぼく》たちは思《おも》わず飛《と》び上《あ》がって喜《よろこ》びあった。

レオンもパチンと指《ゆび》を鳴《な》らし、にっこり笑《わら》った。

2 北海道《ほっかいどう》へ向《む》かう朝《あさ》

ルヒタンシュタイン公国《こうこく》の大使館《たいしかん》で行《おこな》われたサマーパーティから一週間後《いっしゅうかんご》。

9時《じ》少《すこ》し前《まえ》に、僕《ぼく》は茅ケ崎駅《ちがさきえき》へと続《つづ》く道《みち》を、未来《みらい》と並《なら》んで早足《はやあし》で歩《ある》いていた。

未来《みらい》は、今日《きょう》はショートパンツスタイル。

小麦色《こむぎいろ》に焼《や》けた長《なが》い足《あし》で、すたすたと道《みち》を急《いそ》ぐ。

だが、かなり不機嫌《ふきげん》そうな表情《ひょうじょう》だ。

理由《りゆう》はわかっている。寝坊《ねぼう》して朝《あさ》ごはんを食《た》べそこねたから。

「家《いえ》にまで迎《むか》えにこなくても、待《ま》ち合《あ》わせに遅刻《ちこく》なんてしないわよっ」

「今日《きょう》はいつものT3《ティースリー》のミーティングじゃないんだよ。ルヒタンシュタイン公国《こうこく》から僕《ぼく》らT3《ティースリー》に対《たい》して正式《せいしき》に依頼《いらい》された『し・ご・と』なんだから、絶対《ぜったい》、遅刻《ちこく》はできないんだよ」

僕《ぼく》は鼻息《はないき》を荒《あら》くして答《こた》えた。

「わかってるよぉ〜」

僕《ぼく》らは茅ケ崎《ちがさき》の南口《みなみぐち》へと続《つづ》く階段《かいだん》を駆《か》けあがった。

未来《みらい》はマイペースな性格《せいかく》で、よく遅刻《ちこく》する。そのために電車《でんしゃ》に乗《の》り遅《おく》れそうになったことが何度《なんど》もあるんだ。

新横浜《しんよこはま》のエンドートラベルで毎週行《まいしゅうおこな》われるＴ３《ティースリー》のミーティングに遅刻《ちこく》するくらいだったら「まぁいいかぁ」ですませちゃうけど、今日《きょう》はそんなわけにいかないっ！

だって、僕《ぼく》らが函館《はこだて》を往復《おうふく》する新幹線代《しんかんせんだい》や、宿泊《しゅくはく》するホテル費用《ひよう》、食費《しょくひ》なんかもすべてルヒタンシュタイン公国《こうこく》が出《だ》してくれるのに、遅刻《ちこく》してそれを無駄《むだ》にするなんてありえないから。

未来《みらい》は「わかってる」なんて言《い》ってるけど、僕《ぼく》が迎《むか》えにいったらまだ起《お》きたばっかりだった。寝《ね》ぼけた顔《かお》で、歯磨《はみが》きをしていたんだよ。

お母《かあ》さんが何度《なんど》も起《お》こして、やっと、起《お》きたんだって。

僕《ぼく》が早起《はやお》きして、茅ケ崎《ちがさき》の未来《みらい》の家《いえ》まで迎《むか》えにいって、「早《はや》く早《はや》く」と急《いそ》がせなかったら……。みんなで待《ま》ち合《あ》わせの東京駅《とうきょうえき》で、どれだけやきもきさせられたか、わからない。

茅ケ崎《ちがさき》は、改札口《かいさつぐち》が二階部分《かいぶぶん》にある橋上駅《きょうじょうえき》。

僕《ぼく》らは交通系《こうつうけい》ＩＣ《アイシー》カードを自動改札《じどうかいさつ》機《き》のセンサーに当《あ》てて駆《か》け抜《ぬ》ける。

「未来《みらい》！　東海道本線《とうかいどうほんせん》の上《のぼ》りは何番線《なんばんせん》？」

茅ケ崎駅《ちがさきえき》から東京駅《とうきょうえき》へ入《はい》るのは、東海道本線《とうかいどうほんせん》・上野東京《うえのとうきょう》ラインしかない。

「５番線《ばんせん》よっ」

「了解《りょうかい》！」

僕《ぼく》らはコンコース内《ない》を右前《みぎまえ》へ走《はし》り、５番線《ばんせん》と６番線《ばんせん》のあるホームへ向《む》かって駆《か》けおりる。

すぐに後《うし》ろから、小金井《こがねい》行《い》きと書《か》かれた電車《でんしゃ》が走《はし》ってきた。

車両《しゃりょう》は、銀《ぎん》の車体中央《しゃたいちゅうおう》に、緑《みどり》とオレンジのラインが横一線《よこいっせん》に入《はい》ったＥ《イー》２３３系《けい》。

正面《しょうめん》は大《おお》きな一枚窓《まいまど》で、上《うえ》のほうに丸《まる》い小《ちい》さなヘッドライトが二《ふた》つあるのが特徴《とくちょう》。

僕《ぼく》らは、中間《ちゅうかん》くらいの車両《しゃりょう》に飛《と》びこむように乗《の》りこんだ。

９時《じ》０分《ふん》。ドアが閉《し》まり、電車《でんしゃ》は東京方面《とうきょうほうめん》へ向《む》けて走《はし》り出《だ》す。

加速《かそく》しはじめた車内《しゃない》には、グゥウゥンっていうモーター音《おん》が響《ひび》く。

「あっ、あぶなかったぁ〜」

僕《ぼく》も未来《みらい》も胸《むね》に手《て》を当《あ》てて「はぁはぁ」と息《いき》を整《ととの》える。

額《ひたい》の汗《あせ》を右手《みぎて》でぬぐっていると、未来《みらい》はケータイの画面《がめん》に目《め》をやった。

「これで大丈夫《だいじょうぶ》。ぎりぎりだけど、ちゃんと間《ま》に合《あ》うよ〜」

列車《れっしゃ》の乗《の》り継《つ》ぎを調《しら》べるアプリを見《み》ながら、未来《みらい》はぼやくようにつぶやいた。

……これが原因《げんいん》か。

どうしていつも未来《みらい》が遅刻《ちこく》するのか、謎《なぞ》が解《と》けた気《き》がした。

「そんなんだから遅刻《ちこく》しちゃうんだよっ」

僕《ぼく》は未来《みらい》のおでこにストンと突《つ》っこみを入《い》れる。

「あたっ！」

「新横浜《しんよこはま》のミーティングくらいならいいけど、旅行《りょこう》に出《で》る日《ひ》は、集合時間《しゅうごうじかん》の一時間《じかん》くらい前《まえ》には、待《ま》ち合《あ》わせ場所《ばしょ》に行《い》くようにしないと」

「え〜っ！　だって、そしたら待《ま》ち合《あ》わせ場所《ばしょ》で一時間《じかん》も暇《ひま》になっちゃうじゃん」

「それは『なにもなければ……』でしょ？」

「えっ？」

未来《みらい》は目《め》を丸《まる》くした。

「家《いえ》を出《で》てから忘《わす》れ物《もの》に気《き》がつくことだってあるだろ？　電車《でんしゃ》が遅《おく》れたり、止《と》まっちゃうこともある。そんな時《とき》でも一時間余裕《じかんよゆう》があれば、家《いえ》に戻《もど》っても待《ま》ち合《あ》わせ時間《じかん》に間《ま》に合《あ》うし、他《ほか》のルートに変更《へんこう》することもできるじゃん」

「あ〜それはそうだろうけど」

「万《まん》が一《いち》、時間《じかん》に遅《おく》れて、電車《でんしゃ》に乗《の》れなかったら、悔《くや》しいじゃないか」

「確《たし》かに……そう言《い》われればそうなんだけどね」

少《すこ》し口《くち》をとがらせながら、未来《みらい》は小《ちい》さくうなずいた。

先頭車《せんとうしゃ》まで車内《しゃない》を歩《ある》いて、運転手《うんてんしゅ》さんのすぐ後《うし》ろの席《せき》——つまり特等席《とくとうせき》から前《まえ》を見《み》たいところだけど、今日《きょう》はお客《きゃく》さんが多《おお》くて迷惑《めいわく》になるので移動《いどう》はやめておいた。

電車《でんしゃ》は辻堂《つじどう》、藤沢《ふじさわ》、大船《おおふな》、戸塚《とつか》と停車《ていしゃ》して横浜《よこはま》に9時《じ》29分《ふん》に到着《とうちゃく》。

ここで一分《いっぷん》くらい停車《ていしゃ》するんだけど、さすがに土曜日《どようび》の横浜《よこはま》だからお客《きゃく》さんがドッと下車《げしゃ》して、同《おな》じくらいの人数《にんずう》がガッと乗《の》りこんできた。

「そういえば、今日《きょう》は七海《ななみ》ちゃん、お休《やす》みなのよね」

みんながケータイで書《か》きこめる掲示板《けいじばん》みたいな場所《ばしょ》「グループトーク」に、七海《ななみ》ちゃんのコメントがあって、僕《ぼく》もそれを読《よ》んでいた。

「そうそう。おばあちゃんが、フランスから帰《かえ》ってきてるんだってね」

「七海《ななみ》ちゃん、おばあちゃんが大好《だいす》きだもんね。残念《ざんねん》だけど、しょうがないね」

実《じつ》は七海《ななみ》ちゃんは、フランス人《じん》と日本人《にほんじん》のクォーター。

おじいちゃんが、フランス人《じん》なんだ。

だから、おばあちゃんは、フランスに住《す》んでいる。でも、夏《なつ》になると日本《にほん》に帰《かえ》ってきて熱海《あたみ》の別荘《べっそう》で過《す》ごすことが多《おお》いんだ。

今回《こんかい》は僕《ぼく》らと一緒《いっしょ》に函館《はこだて》に行《い》くつもりだったんだけど、おばあちゃんが帰国《きこく》するというので、七海《ななみ》ちゃんは泣《な》く泣《な》くあきらめることにしたんだ。

横浜《よこはま》を出《で》た列車《れっしゃ》は、一気《いっき》に速度《そくど》が上《あ》がる。

それは、東海道本線《とうかいどうほんせん》にはあまり駅《えき》がないから。

横浜《よこはま》から東京《とうきょう》までは約《やく》三〇キロメートルなんだけど、川崎《かわさき》、品川《しながわ》、新橋《しんばし》と、間《あいだ》にたった三《みっ》つの駅《えき》にしか停《と》まらない。

茅ケ崎《ちがさき》から約《やく》一時間《じかん》、9時《じ》58分《ふん》に、電車《でんしゃ》は東京駅《とうきょうえき》の7番線《ばんせん》に到着《とうちゃく》。

ホームに出《で》た僕《ぼく》は一番近《ばんちか》くにあった階段《かいだん》へ飛《と》びこんだ。

未来《みらい》はタタッと小走《こばし》りでついてくる。

階段《かいだん》を下《お》りると、東京駅《とうきょうえき》の広《ひろ》いコンコースを新幹線《しんかんせん》・南《みなみ》のりかえ口《ぐち》へ向《む》かってまっすぐに進《すす》む。

たくさんのJR《ジェイアール》路線《ろせん》と地下鉄《ちかてつ》が集中《しゅうちゅう》している東京駅《とうきょうえき》は、まるでダンジョンのよう。

だけど、T3《ティースリー》のみんなと何度《なんど》か来《き》ているうちにやっと慣《な》れて、僕《ぼく》は案内図《あんないず》を見《み》ないでも歩《ある》けるようになっていた。

ふっと振《ふ》り返《かえ》って未来《みらい》を見《み》ると、首《くび》から見《み》たこともない小《ちい》さなカメラをさげていた。

あれ？　新《あたら》しいカメラかな？

それにしては使《つか》いこまれているような……。

そのカメラは、ツルンとした今風《いまふう》のデザインじゃなかった。

いつも未来《みらい》が使《つか》っている、ピンクのデジカメとは明《あき》らかに雰囲気《ふんいき》が違《ちが》う。

ゴツゴツしていて、ずっしりと重《おも》そうで、レトロな感《かん》じがする。

「あぁ〜、雄太《ゆうた》、もしかしてこれが気《き》になってる？」

僕《ぼく》の視線《しせん》に気《き》がついた未来《みらい》は、カメラを僕《ぼく》に見《み》せてくれた。

黒《くろ》い本体《ほんたい》に銀《ぎん》のレンズや部品《ぶひん》が付《つ》いていて、上部《じょうぶ》には円筒形《えんとうけい》のダイヤルが三《みっ》つ並《なら》んでいる。

レンズは金属《きんぞく》のカメラキャップでふさがれていて、そこには外国語《がいこくご》でカメラのメーカー名《めい》らしきものが筆記体《ひっきたい》で書《か》かれていた。

僕《ぼく》には筆記体《ひっきたい》は読《よ》めないので、なんと書《か》いてあるか、わからないけど。

「そのカメラ、どうしたの？　いつものと違《ちが》うじゃん」

「これは、ずっと昔《むかし》からうちにあったものなんだ」

未来《みらい》はニカッと笑《わら》って、大事《だいじ》そうにカメラを抱《かか》える。

「昔《むかし》から？」

「うん。ひいおばあちゃんが誰《だれ》かからプレゼントされたカメラなんだって。それをおばあちゃんがゆずり受《う》けて、おばあちゃんからお父《とう》さんがもらって、そしてこの間《あいだ》、お父《とう》さんから私《わたし》がもらったの……」

僕《ぼく》は驚《おどろ》いて目《め》を大《おお》きく見開《みひら》いた。

「すげぇ〜！　そんな歴史《れきし》があるんだ。じゃあ未来家《みらいけ》に代々《だいだい》伝《つた》わる家宝《かほう》ってこと!?」

アハハと未来《みらい》は笑《わら》い、手《て》を左右《さゆう》に大《おお》きく振《ふ》った。

「そんなんじゃないの。当時《とうじ》は高価《こうか》なものだったみたいだけど、今《いま》は『ただ古《ふる》いカメラ』ってだけよ」

「そっ、そうなの？」

僕《ぼく》はあいまいに首《くび》をかしげた。たとえば鉄道《てつどう》の「キハ２０系《けい》の運転台《うんてんだい》のブレーキハンドル」と言《い》われれば、「すげぇ！」って僕《ぼく》だってすぐにわかるけど、カメラとなると、単《たん》に古《ふる》いだけなのか、価値《かち》のあるものなのかはわからない。

「これはね、デジカメじゃないの。中《なか》に写真用《しゃしんよう》のフィルムを入《い》れて撮影《さつえい》するフィルムカメラなんだ」

「写真用《しゃしんよう》のフィルム？」

そんなカメラがあるってこと、僕《ぼく》は知《し》らなかった。

未来《みらい》はポケットから直径《ちょっけい》三センチ、高《たか》さ五センチくらいの円筒形《えんとうけい》のプラスチックケースを取《と》り出《だ》した。

半透明《はんとうめい》のケースの中《なか》には黒《くろ》い円筒形《えんとうけい》のものが入《はい》っていて、動《うご》かすとカタカタって音《おと》がする。

「昔《むかし》はデジタルカードに記録《きろく》するデジカメなんてなかったのよ。それで、こういう写真用《しゃしんよう》フィルムに記録《きろく》していたんだって〜」

未来《みらい》から手渡《てわた》されたフィルムケースをのぞきこむ。

これに、どうやって記録《きろく》するんだろう。

「これが写真《しゃしん》になるの？」

「うん。このフィルムに光《ひかり》を焼《や》きつけて、写真屋《しゃしんや》さんに現像《げんぞう》に出《だ》して紙《かみ》の写真《しゃしん》にしてもらうの」

「現像《げんぞう》？」

なんだか聞《き》いてるだけでも大変《たいへん》そうな気《き》がしてくる。

「そう。デジカメは撮《と》ってすぐに本体《ほんたい》の液晶画面《えきしょうがめん》でチェックできるけど、こういうカメラは写真屋《しゃしんや》さんで現像《げんぞう》してからじゃないと、ちゃんと撮《と》れているかわからないのよ」

「うわぁ～、なんか難《むずか》しそうだね。それに本当《ほんとう》に撮《と》れているかどうかわからないなんて、不安《ふあん》じゃないか」

僕《ぼく》はフィルムケースを未来《みらい》へ返《かえ》しながら言《い》った。

「でもね、フィルムにしか出《だ》せない味《あじ》のある写真《しゃしん》が撮《と》れるのよ！」

「へぇ～、さすがカメラマンを目指《めざ》しているだけあるなぁ」

「それにこのカメラ、オートじゃないんだよ。しぼり、ピント、シャッタースピードを自《じ》分《ぶん》で決《き》めなきゃ、ちゃんとした写真《しゃしん》が撮《と》れないんだ」

「そんなの大変《たいへん》じゃないか！」

「だから、撮《と》る人《ひと》の腕《うで》とセンスが出《で》るカメラでもあるの。このカメラでいつか電車《でんしゃ》を撮《と》るというのが、私《わたし》の一《ひと》つの夢《ゆめ》だったんだ……」

カメラに触《ふ》れながら、未来《みらい》はエヘヘと照《て》れた。

「……夢《ゆめ》かぁ……」

未来《みらい》は将来《しょうらい》、お父《とう》さんと同《おな》じ、鉄道《てつどう》を撮《と》るカメラマンになりたいと思《おも》っているんだ。

「このカメラをお父《とう》さんからもらった時《とき》、カメラマンへの階段《かいだん》を一《ひと》つ上《のぼ》った感《かん》じがしたの……」

「やっぱり、そのカメラは未来家《みらいけ》の家宝《かほう》なんだね」

未来《みらい》がカメラを天井《てんじょう》へ向《む》けると、本体《ほんたい》の銀《ぎん》の部分《ぶぶん》がライトを受《う》けてキラッと光《ひか》った。

「そんなこと思《おも》ってもみなかったけど、雄太《ゆうた》の言《い》うとおりかも。ひいおばあちゃんも、おばあちゃんも、みんなこのカメラを使《つか》ってきたし……お父《とう》さんも『このカメラが僕《ぼく》をカメラマンにしてくれた』って大事《だいじ》にしていたから」

僕《ぼく》はニコリと微笑《ほほえ》んだ。

「じゃあ、今回《こんかい》の旅行《りょこう》は、そのカメラで撮《と》るんだね」

「うん。だから、ちょっとドキドキしているんだっ」

土曜日《どようび》でたくさんのお客《きゃく》さんが歩《ある》いているコンコースをすっすっと潜《くぐ》り抜《ぬ》け、新幹線《しんかんせん》・南《みなみ》のりかえ口《ぐち》へと到着《とうちゃく》する。

「どっちだっけ？」

そこには新幹線《しんかんせん》の改札口《かいさつぐち》が二《ふた》つ並《なら》んでいる。

未来《みらい》が僕《ぼく》の顔《かお》を見《み》た。

「北海道《ほっかいどう》・東北《とうほく》・山形《やまがた》・秋田《あきた》・上越《じょうえつ》・北陸《ほくりく》っていう『ＪＲ東日本《ジェイアールひがしにほん》』の新幹線《しんかんせん》は、こっちの緑《みどり》の看板《かんばん》のほう。『ＪＲ東海《ジェイアールとうかい》』が運営《うんえい》する東海道《とうかいどう》・山陽新幹線《さんようしんかんせん》は青《あお》のほうだよ」

「じゃあ、まっすぐねっ！」

未来《みらい》は、ビシッと正面《しょうめん》へ指《ゆび》を伸《の》ばして歩《ある》きだした。

3 北海道新幹線《ほっかいどうしんかんせん》はやぶさ

待《ま》ち合《あ》わせは、緑《みどり》の新幹線用《しんかんせんよう》自動改札機《じどうかいさつき》の並《なら》ぶ改札口《かいさつぐち》の前《まえ》。

本当《ほんとう》はここに10時集合《じしゅうごう》だったけど、未来《みらい》のおかげでヤンワリ遅刻《ちこく》。

右《みぎ》にあった有人改札《ゆうじんかいさつ》の前《まえ》には、大樹《たいき》とレオンがすでに待《ま》っていた。

今日《きょう》の大樹《たいき》は、黒《くろ》いパンツにダンガリーシャツというさわやかなスタイル。

レオンのほうはカーキのサファリシャツに、白《しろ》いパンツといった夏《なつ》っぽい感《かん》じ。

映画俳優《えいがはいゆう》のようなイケメン顔《がお》で金髪《きんぱつ》のレオンからは「王子《おうじ》さまオーラ」が出《で》まくっていて、近《ちか》くで待《ま》ち合《あ》わせしている女《おんな》の子《こ》たちが、キャッキャッとレオンのことを噂《うわさ》しているのが見《み》ていてわかった。

未来《みらい》は二人《ふたり》に駆《か》けよった。

「大樹君《たいきくん》おはよう〜!!」

「おはようございます」

それから未来《みらい》はクルリとレオンに向《む》きを変《か》え、右手《みぎて》をビシッと出《だ》してあいさつ。

「おっはよぉ〜!!　レオン！」

「グッモーニン!!　朝《あさ》から元気《げんき》がいいね、未来《みらい》」

レオンも、未来《みらい》と同《おな》じようなハイテンション。二人《ふたり》は、パチンとハイタッチした。

僕《ぼく》はペコリと頭《あたま》を下《さ》げた。

「ゴメン！　レオン」

「えっ？　ゴメンって、なにがあったんだい？」

未来《みらい》とハイタッチを終《お》えたレオンは、きょとんとした顔《かお》で聞《き》き返《かえ》した。

「だっ、だって遅刻《ちこく》しちゃったし……」

真《ま》ん丸《まる》だったレオンの目《め》が急《きゅう》に細《ほそ》くなった。

「えっ？　あははは。さすが一分《いっぷん》も遅《おく》れずに列車《れっしゃ》を走《はし》らせる国《くに》だな。遅刻《ちこく》といっても、数《すう》分《ふん》じゃないか。そんなことで謝《あやま》るなんて……」

レオンはさらっと笑《わら》って続《つづ》ける。

「ヨーロッパじゃ、こんなの遅刻《ちこく》のうちに入《はい》らない。ジャストインタイムさ、雄太《ゆうた》！」

「まぁ……、レオンがそう言《い》うならいいんだけど」

「ねえ、レオンたちの国《くに》での待《ま》ち合《あ》わせって、ちょっと遅《おく》れても大丈夫《だいじょうぶ》なの？」

未来《みらい》が目《め》を輝《かがや》かせてたずねる。

「もちろん。遅《おく》れるのが普通《ふつう》かもしれない。十分《じゅっぷん》や二十分《にじゅっぷん》遅《おく》れなんてザラだな」

「にっ、二十分《にじゅっぷん》!?　そのメンバーで電車《でんしゃ》に乗《の》るんだったら、絶対《ぜったい》に乗《の》り遅《おく》れちゃうよっ!!」

すると、レオンはニカッと白《しろ》い歯《は》を見《み》せた。

「それが大丈夫《だいじょうぶ》なのさ。ドイツやフランスの電車《でんしゃ》は、それくらいいつでも遅《おく》れているからな」

「ようするに『間《ま》に合《あ》ったらセーフ』ってこと？」

未来《みらい》が両手《りょうて》を広《ひろ》げてセーフのポーズをしながら言《い》う。レオンが大《おお》きくうなずく。

「そのとおり！　基本《きほん》は結果《けっか》オーライさ」

『あっははは。イエ――――ィ!!』

二人《ふたり》は、パンパンと両手《りょうて》をぶつけあった。

なっ、なんだ、これ!?

息《いき》がぴったり!?

なぜか未来《みらい》のおおざっぱな……いや、大《おお》らかなところがレオンとは波長《はちょう》が合《あ》うらしく、二人《ふたり》は会《あ》うのが二度目《にどめ》と思《おも》えないくらい、気《き》が合《あ》ってる。

「じゃあそろそろ時間《じかん》だからホームへ行《い》くか」

僕《ぼく》が歩《ある》きだそうとすると、すぐそばで黒《くろ》い人影《ひとかげ》がわさっと動《うご》いた。

「なっ、なんだ!?」

びっくりして、思《おも》わず体《からだ》を後《うし》ろへ引《ひ》いた。

「殿下《でんか》、こちらが本日《ほんじつ》のみなさまのチケットでございます」

白《しろ》い手袋《てぶくろ》をして黒《くろ》いスーツを着《き》たブルクハルトさんが、僕《ぼく》の側《そば》に突然《とつぜん》、出現《しゅつげん》してうやうやしくきっぷを差《さ》し出《だ》した。その動《うご》きは忍者《にんじゃ》のように静《しず》かで素速《すばや》い。

「ご苦労《くろう》」

レオンはブルクハルトさんからきっぷを四枚《まい》受《う》け取《と》ると、僕《ぼく》らにそれぞれ渡《わた》してくれた。

「では、函館《はこだて》へ出発《しゅっぱつ》!」

レオンの声《こえ》に続《つづ》いて、僕《ぼく》らは右手《みぎて》を天井《てんじょう》へ向《む》かって振《ふ》りあげた。

『お───っ!!』

そのまま自動改札機《じどうかいさつき》に新幹線《しんかんせん》のきっぷを入《い》れてから、交通系《こうつうけい》IC《アイシー》カードを当《あ》てる。

ガシャン!

あっという間《ま》に機械《きかい》の中《なか》を駆《か》け抜《ぬ》けたきっぷは、歩《ある》くよりも速《はや》く取《と》り出《だ》し口《ぐち》に出《で》る。

こんな一秒《びょう》もかからない時間《じかん》の中《なか》で、自動改札機《じどうかいさつき》はお客《きゃく》さんを赤外線《せきがいせん》センサーで感知《かんち》して、IC《アイシー》カードの下車処理《げしゃしょり》をして、新幹線《しんかんせん》きっぷには入場時刻《にゅうじょうじこく》などを印字《いんじ》し磁気情報《じきじょうほう》をチェックしているんだからすごいよね。

改札口《かいさつぐち》を抜《ぬ》けた僕《ぼく》は、振《ふ》り返《かえ》って、ちょっと驚《おどろ》いた。

「あれ? ブルクハルトさん、帰《かえ》っちゃったのかな?」

てっきりブルクハルトさんが続《つづ》いてくると思《おも》ったのに、そこには誰《だれ》もいなかったからだ。

レオンが前髪《まえがみ》をかきあげ、慣《な》れた口調《くちょう》で言《い》う。

「いや、この周《まわ》りにきっといるはず。私《わたし》たちの邪魔《じゃま》をしないように、ついてくることになっているんだ」

「そうなの？」

「私《わたし》の周囲《しゅうい》を黒《くろ》いスーツの男《おとこ》たちが取《と》り囲《かこ》んでいたら、周《まわ》りの人《ひと》だって威圧感《いあつかん》を感《かん》じるだろうし、僕《ぼく》も窮屈《きゅうくつ》だ。イメージだって悪《わる》いだろ？」

前回会《ぜんかいあ》った時《とき》がまさにそんな感《かん》じだった。

「確《たし》かに……最初《さいしょ》に見《み》た時《とき》は少《すこ》し怖《こわ》かったもんね」

レオンがうなずく。

「だから今回《こんかい》は、『あまり目《め》に付《つ》かないように』って指令《しれい》を出《だ》したんだ。影《かげ》のようにつかず離《はな》れずついてくるはずだけど、気《き》にしないでほしい」

レオンが歩《ある》きだすと、その後《うし》ろに未来《みらい》が続《つづ》く。

僕《ぼく》は後《うし》ろにいた大樹《たいき》の耳《みみ》にささやいた。

「執事《しつじ》ってそういうものなのか？」

「よくはわからないよ。執事《しつじ》なんて人《ひと》、ブルクハルトさんしか知《し》らないんだから」

「だよね。……でも執事《しつじ》がいるってのも、大変《たいへん》そうだよな」

「うん。ひとりの時間《じかん》がないんだもんな」

僕《ぼく》と大樹《たいき》は、同時《どうじ》に肩《かた》をすくめた。

まっすぐに通路《つうろ》を進《すす》んだ僕《ぼく》らは、一番手前《いちばんてまえ》にあるホームへと続《つづ》く長《なが》いエスカレーターに乗《の》りこむ。

ついに念願《ねんがん》の北海道新幹線《ほっかいどうしんかんせん》に乗《の》れる――っ!!

これからいよいよ新幹線《しんかんせん》のホームだと思《おも》うと、僕《ぼく》の胸《むね》がドキドキしはじめた。

初《はじ》めて乗《の》る北海道新幹線《ほっかいどうしんかんせん》！

テンションが上《あ》がるよねっ！

ググググンとホームまで上《のぼ》っていくと、左《ひだり》の20番線《ばんせん》にはエメラルドグリーンの屋根《やね》を持《も》った新幹線《しんかんせん》が停車《ていしゃ》しているのが見《み》えた。

そして、その向《む》こうには赤《あか》いボディの新幹線《しんかんせん》も……。

「あっ!!　もう来《き》てるよっ！」

僕《ぼく》がピッと指《ゆび》を伸《の》ばす。

『うわぁぁぁぁぁぁ！』

みんなの目《め》は新幹線《しんかんせん》に釘《くぎ》づけ。

20番線《ばんせん》には、僕《ぼく》らの乗《の》りこむ予定《よてい》の「はやぶさ13号《ごう》」と「こまち13号《ごう》」が連結《れんけつ》された状《じょう》態《たい》で出発《しゅっぱつ》を待《ま》っていた。

どちらもJR東日本《ジェイアールひがしにほん》を代表《だいひょう》する二大《だい》スーパー新幹線《しんかんせん》だ。

その二《ふた》つが連結《れんけつ》しているんだから、僕《ぼく》らが盛《も》りあがらないわけがない。

みんなケータイを取《と》り出《だ》して、すぐ近《ちか》くにあった連結部《れんけつぶ》を撮《と》りまくる。

はやぶさの上半分《うえはんぶん》はエメラルドグリーンで下《した》は白《しろ》。

こまちのほうはフロントノーズから続《つづ》く赤《あか》が天井《てんじょう》へと続《つづ》き、側面《そくめん》は白《しろ》で、シルバーのラインが入《はい》っている。

「この先頭部分《せんとうぶぶん》はアローラインと呼《よ》ばれる形《かたち》をベースに開発《かいはつ》したもので、長《なが》さは約《やく》十五メートル！　そして、この変《か》わったスタイルにも意味《いみ》があるんだって。この形《かたち》だと、速《はや》いスピードでトンネルに入《はい》っても、ドーンって音《おと》があまり大《おお》きくならないんだよ～」

楽《たの》しそうに腕《うで》を広《ひろ》げながら、未来《みらい》がレオンに説明《せつめい》している。

「未来《みらい》はかわいい女《おんな》の子《こ》なのに、鉄道車両《てつどうしゃりょう》にもくわしいなんてすごいね」

レオンがさらりとほめる。未来《みらい》は小首《こくび》をかしげ、ニカッと笑《わら》った。

「えっへへ……。これは前《まえ》に大樹君《たいきくん》に聞《き》いたことの受《う》け売《う》りなの」

「それでもちゃんと覚《おぼ》えているなんて、すごいね」

レオンはやさしく未来《みらい》に笑《わら》いかけ、それから身《み》を乗《の》り出《だ》してフロントノーズを見《み》つめた。

「これがＪＲ東日本《ジェイアールひがしにほん》の誇《ほこ》る新幹線《しんかんせん》、Ｅ《イー》５系《けい》か」

「そうなんだけど……ちょっと違《ちが》うんだ」

僕《ぼく》は頭《あたま》をかきながら、レオンに言《い》った。

実《じっ》は、北海道新幹線《ほっかいどうしんかんせん》ができたことで、はやぶさ――Ｅ《イー》５系《けい》には少《すこ》しだけ秘密《ひみつ》が追加《ついか》されたんだよ。

「違《ちが》う？　私《わたし》も日本《にほん》の新幹線《しんかんせん》については、少《すこ》し勉強《べんきょう》してきたんだがな」

レオンが首《くび》をひねる。

僕《ぼく》は、車体側面《しゃたいそくめん》のエメラルドグリーンと白《しろ》との間《あいだ》に引《ひ》かれたラインを指差《ゆびさ》した。

「ここが紫《むらさき》の車体《しゃたい》は『ＪＲ北海道《ジェイアールほっかいどう》』所属《しょぞく》のもので、Ｈ《エイチ》５系《けい》なんだ。ちなみにピンクのものが『JR東日本《ジェイアールひがしにほん》』所属《しょぞく》のE《イー》5系《けい》」

「じゃあこの車両《しゃりょう》は、E《イー》5系《けい》じゃなくて、H《エイチ》5系《けい》……ってこと？」

未来《みらい》が紫《むらさき》のラインを指差《ゆびさ》して、小《ちい》さくたずねる。

「そう！」

「えっ!?　そんな小《ちい》さな違《ちが》いなんて、わからないよっ」

口《くち》をとがらせたレオンの肩《かた》に、大樹《たいき》がぽんと手《て》を乗《の》せる。

「でしたら、連結部《れんけつぶ》近《ちか》くにあるシンボルマークを見《み》てみてください」

「シンボルマーク？」

「連結部《れんけつぶ》近《ちか》くの側面《そくめん》には、シンボルマークが大《おお》きく描《えが》かれています。E《イー》5系《けい》は『はやぶさ』でしたが、H《エイチ》5系《けい》では『北海道《ほっかいどう》としろはやぶさ』になっていますから」

レオンは側面《そくめん》に素早《すばや》く目《め》を走《はし》らせ、シンボルマークを指差《ゆびさ》した。

「あった……ほんとだ！　確《たし》かに北海道《ほっかいどう》の形《かたち》をしているな」

レオンが納得《なっとく》したその時《とき》、

《まもなく20番線《ばんせん》より、新函館北斗《しんはこだてほくと》行《いき》・はやぶさ13号《ごう》、秋田《あきた》行《いき》・こまち13号《ごう》が発車《はっしゃ》いたし

ます。ご利用《りよう》のお客《きゃく》さまはお乗《の》り遅《おく》れのないようにご注意《ちゅうい》ください》

ホーム天井《てんじょう》についているスピーカーから、出発《しゅっぱつ》を知《し》らせる案内《あんない》が聞《き》こえてきた。

ケータイで時刻《じこく》を見《み》ると、もう発車《はっしゃ》二分前《ふんまえ》の10時《じ》18分《ぷん》。

「もうこんな時間《じかん》だ。みんな、乗《の》りこもう！」

『は――――い!!』

四人《よにん》は足早《あしばや》に、エメラルドグリーンの車体《しゃたい》で編成《へんせい》されている、はやぶさ13号《ごう》へと向《む》かう。

東京《とうきょう》を出発《しゅっぱつ》する時《とき》に先頭《せんとう》になるのは、真《ま》っ赤《か》なボディのE《イー》6系《けい》で編成《へんせい》されるこまち13号《ごう》で、17号車《ごうしゃ》から11号車《ごうしゃ》までだ。

そして、はやぶさ13号《ごう》は、後方《こうほう》の10号車《ごうしゃ》から1号車《ごうしゃ》まで。

10号車《ごうしゃ》の車体前方《しゃたいぜんぽう》にあるお客《きゃく》さん用扉《ようとびら》の前《まえ》には、白《しろ》い長《なが》そでのブラウスに、ピンクの縁《ふち》取《ど》りのあるグレーのベストとタイトスカートを着《き》たアテンダントさんが、両手《りょうて》を前《まえ》に組《く》んでにこやかにお客《きゃく》さんを迎《むか》えている。

それを横目《よこめ》で見《み》ながら、僕《ぼく》らはさらに進《すす》む。

「いいなぁ～グランクラス。私《わたし》も乗《の》りたかったなぁ」

グランクラスの10号車《ごうしゃ》の窓《まど》から車内《しゃない》をのぞきこみながら、未来《みらい》がつぶやいた。

「今日《きょう》だって、グリーン車《しゃ》なんだよ？」

「それもすごいんだけど、雄太《ゆうた》たちがグランクラスに乗《の》ったことがあると思《おも》うと……、なんか悔《くや》しいっ」

口《くち》を少《すこ》しとがらせながら、未来《みらい》は目《め》を細《ほそ》めてジロリと僕《ぼく》らを見《み》た。

そう。僕《ぼく》と大樹《たいき》は、前回《ぜんかい》、レオンを守《まも》るために、グランクラスに乗《の》ったのだ。

グランクラスは指定席券《していせきけん》を持《も》っている人以外《ひといがい》、立《た》ち入《い》ることすらできないから、レオンは空《あ》いている席《せき》を全部買《ぜんぶか》って、グランクラスの中《なか》に隠《かく》れていたのだ。

「みっ、未来《みらい》さん。あれはあくまでも危険回避《きけんかいひ》のために、グランクラスを選《えら》ばざるをえなかったからなんですよ」

大樹《たいき》があせりながら説明《せつめい》する。レオンが続《つづ》けた。

「そうなんだ。あの時私《ときわたし》は二人《ふたり》に『悪《わる》いやつらに追《お》われているから』と助《たす》けを求《もと》めたんだよ。それで二人《ふたり》が考《かんが》えて、私《わたし》の身《み》を、追手《おって》から守《まも》るためにグランクラスに乗《の》っただけさ」

「ほんとにー？」

「そうだよ。あんな状況《じょうきょう》じゃなければ、僕《ぼく》たちがグランクラスに乗《の》るなんて、ありえないじゃん」

僕《ぼく》もあわてて付《つ》け加《くわ》える。

未来《みらい》はじっと僕《ぼく》らの顔《かお》を見《み》まわす。それから一《ひと》つ小《ちい》さなため息《いき》をついた。

「あぁ〜あ。それでもやっぱりうらやまし〜ぃ」

未来《みらい》が、ふえ〜っというような声《こえ》を出《だ》す。

「では今度《こんど》、未来《みらい》とグランクラスの付《つ》いた新幹線《しんかんせん》に乗《の》る機会《きかい》があった時《とき》には、必《かなら》ずグランクラスの席《せき》を取《と》ることを約束《やくそく》するよ」

おっ！　さすが王子《おうじ》さま、約束《やくそく》するスケールがでかいっ。

「本当《ほんとう》に――――っ!?」

あっという間《ま》に未来《みらい》の機嫌《きげん》が直《なお》ったみたい。めちゃめちゃ笑顔《えがお》でレオンを見《み》つめる。

「ああ。今度《こんど》のグランクラスは、必《かなら》ず未来《みらい》と」

けど未来《みらい》はすぐに真顔《まがお》になって、目《め》を細《ほそ》める。

「そんなこと言《い》って……レオン、めったに日本《にほん》に来《こ》ないんじゃないの？」

おいおい、王子《おうじ》さまを疑《うたが》うなよ……。

まあ、そういうことをポーンと気《き》がねなく言《い》えるところが、未来《みらい》の未来《みらい》らしいところなんだけどね。

「大丈夫《だいじょうぶ》だよ、未来《みらい》。ルヒタンシュタイン公国《こうこく》は日本《にほん》との関係《かんけい》がとても深《ふか》いんだ。これからもちょくちょく来日《らいにち》するつもりだからさ」

レオンが余裕《よゆう》たっぷりに言《い》う。

「へぇ～。ルヒタンシュタイン公国《こうこく》って日本《にほん》と深《ふか》い関係《かんけい》があるんだ。……知《し》らなくてゴメン、どういうつながりがあるの？」

レオンの答《こた》えは意外《いがい》なものだった。

「資源《しげん》や工業製品《こうぎょうせいひん》なんかの一般的《いっぱんてき》な貿易《ぼうえき》をしてるよ。なんでも僕《ぼく》の大好《だいす》きだったひいおじいさま『フランツ二世《せい》・フォン・ヒルデスハイム』の頃《ころ》から、日本《にほん》との関係《かんけい》が一気《いっき》に深《ふか》まったらしい」

「ひっ、ひいおじいさま!?　そんな昔《むかし》からなんだ！」

未来《みらい》は驚《おどろ》いて目《め》を大《おお》きくした。

9号車《ごうしゃ》へと着《つ》いた僕《ぼく》らは、レオン、未来《みらい》、僕《ぼく》の順《じゅん》で車内《しゃない》へ入《はい》る。

最後《さいご》についてきた大樹《たいき》は、調《しら》べてきた鉄道情報《てつどうじょうほう》をいつも書《か》きこんでいる革《かわ》の手帳《てちょう》を開《ひら》きながら、確認《かくにん》するように入口《いりぐち》近《ちか》くの車体《しゃたい》にすっとさわった。

「わぁ〰、グリーン車《しゃ》！　私《わたし》、新幹線《しんかんせん》のグリーン車《しゃ》なんて初《はじ》めてよ」

未来《みらい》が周《まわ》りを見《み》まわしながら、小声《こごえ》でささやく。

さっきまでグランクラスに乗《の》りたいと、騒《さわ》いでいたことなんて忘《わす》れたみたい。

H《エイチ》5系《けい》のグリーン車内《しゃない》は、「さすが〜！」って感《かん》じの高級感《こうきゅうかん》がただよっている。

フロアにはカーペットがしかれていて、少《すこ》しフカフカしていた。

表面《ひょうめん》にはグレーと紺《こん》で描《えが》かれた幾何学模様《きかがくもよう》が並《なら》ぶ。

天井《てんじょう》は、間接照明《かんせつしょうめい》のおだやかな光《ひかり》に照《て》らされ、壁《かべ》は丸《まる》みをおびたクリーム色《いろ》。

「フロアは北海道《ほっかいどう》の冬《ふゆ》の海《うみ》に現《あらわ》れる『流氷《りゅうひょう》』、壁《かべ》は酪農《らくのう》から作《つく》られる『乳製品《にゅうせいひん》』をヒントにデザインしたそうですよ」

シートをスリスリとさわりながら大樹《たいき》が説明《せつめい》した。

「席《せき》はどこかな？」

ポケットからきっぷを出《だ》して席《せき》を確認《かくにん》すると「13A《エー》」だった。

みんなのきっぷを見《み》てみると、「13B《ビー》」「14A《エー》」「14B《ビー》」。

「ここだ！」

入《はい》ってすぐの進行方向右側《しんこうほうこうみぎがわ》の四《よっ》つのシートを僕《ぼく》は指差《ゆびさ》した。

H《エイチ》5系《けい》のグリーン車《しゃ》のシートは、通路《つうろ》をはさんで二列《れつ》ずつ並《なら》ぶ。普通車《ふつうしゃ》の三列《れつ》＋二列《れつ》の五列《れつ》と比《くら》べて、ちょっとシート幅《はば》が広《ひろ》いんだ。

「未来《みらい》、グランクラスじゃできないことが、グリーン車《しゃ》ではできるよ」

「えっ、なに？」

「シートを向《む》かい合《あ》わせにできるってことじゃないか？」

レオンがすかさず、答《こた》える。

「当《あ》たり！」

「そっか、グランクラスはシートが全部前《ぜんぶまえ》に向《む》いているからね。じゃ、シートを回転《かいてん》させちゃう？」

ポンと、未来《みらい》が手《て》を打《う》った。僕《ぼく》は勢《いきお》いよくうなずく。

「うん。せっかくみんなで旅行《りょこう》へ行《い》くんだからね。向《む》かい合《あ》って、楽《たの》しく話《はなし》をしながら行《い》けたら最高《さいこう》じゃん」

「そうね！『旅行《りょこう》へ行《い》くぞ感《かん》』が増《ま》して、楽《たの》しくなってくるもんね」

そう言《い》って、未来《みらい》がシートに手《て》をかけた時《とき》。

「そっ、それ……私《わたし》がやってもいいかい？　こういうことは、いつもブルクハルトがしてしまうから、シートを回《まわ》すのなんてやったことがなくてさ……」

照《て》れたような表情《ひょうじょう》でレオンが言《い》う。

「もちろんいいよっ！」

「ありがとう、未来《みらい》」

レオンがワクワクした顔《かお》でシートに触《ふ》れようとした時《とき》だった。

すべりこむように黒《くろ》い人影《ひとかげ》が現《あらわ》れ、通路側《つうろがわ》のシート下部《かぶ》のペダルをパタンと踏《ふ》んで、シートをクルリと回《まわ》して、あっという間《ま》に向《む》かい合《あ》わせにしてしまった。

「なっ！　なんだ!?」

びっくりして見上《みあ》げると、そこにブルクハルトさんがいた。

「殿下《でんか》、どうぞ」

ブルクハルトさんが、レオンをうながすように、シートに向《む》かって手《て》を差《さ》し出《だ》す。

けれどレオンは、ぶぅと頬《ほお》をふくらませたまま動《うご》こうともしない。

「……ブルクハルト」

「なんでございましょう？　殿下《でんか》」

「今日《きょう》はそのようなことはしなくていいと言《い》っただろう」

ブルクハルトさんは、レオンの顔《かお》を心配《しんぱい》そうに見《み》つめる。

「しっ、しかし……回転《かいてん》するシートに巻《ま》きこまれて、おケガなどされては執事長《しつじちょう》として私《わたくし》は、お父上《ちちうえ》のハインリッヒ様《さま》に申《もう》しわけが――」

「どこの国《くに》の子供《こども》が新幹線《しんかんせん》のシートを回《まわ》してケガなんてしている？　そんなことをしていたら、私《わたし》は城《しろ》から外《そと》へ出《で》ることなどできなくなってしまうだろう？　一人《ひとり》で外《そと》も歩《ある》けない人間《にんげん》になってしまうではないか」

「しかし、レオンハルト殿下《でんか》……」

「今日《きょう》は日本《にほん》の親友《しんゆう》であるＴ３《ティースリー》の諸君《しょくん》と一緒《いっしょ》なのだ。余計《よけい》なサポートは不要《ふよう》だ」

「わかりました、殿下《でんか》」

ブルクハルトさんは深々《ふかぶか》と頭《あたま》を下《さ》げた。

「きっと、レオンのことが心配《しんぱい》なのよ」

「それはそうなんだが、どうも、過保護《かほご》って感《かん》じでね……」

「ブルクハルトさんももう少《すこ》しレオンを……あっ、あれ!?」

未来《みらい》がなにか言《い》おうとして振《ふ》り返《かえ》った時《とき》には、もうブルクハルトさんの姿《すがた》はなかった。

周囲《しゅうい》を見《み》まわしたがグリーン車内《しゃない》にもデッキにもどこにもいない。

忍者《にんじゃ》か!?　いや、海外《かいがい》だからスパイかっ!?

僕《ぼく》はブルクハルトさんの動《うご》きの素早《すばや》さに本気《ほんき》で驚《おどろ》いた。

「未来《みらい》さん、どうぞ」

レオンは当然《とうぜん》のようにレディファーストで、窓際《まどぎわ》の席《せき》を未来《みらい》にゆずる。

「ありがとう、レオン」

進行方向《しんこうほうこう》窓際《まどぎわ》に未来《みらい》が座《すわ》り、その横《よこ》の通路側《つうろがわ》にはレオン。未来《みらい》の前《まえ》の窓際《まどぎわ》には僕《ぼく》が座《すわ》って通路側《つうろがわ》は大樹《たいき》だ。

「さすが、日本《にほん》の新幹線《しんかんせん》のシートは座《すわ》り心地《ごこち》がいいな」

レオンは未来《みらい》との間《あいだ》にある、幅十《はばじゅっ》センチくらいの大《おお》きなひじ置《お》きをさわった。

H《エイチ》5系《けい》のグリーン車《しゃ》は豪華装備《ごうかそうび》。

全体《ぜんたい》がベージュのシートには、座席間《ざせきかん》に幅《はば》の広《ひろ》いウッド調《ちょう》のひじ置《お》きがあって、背《せ》もたれは左右《さゆう》から頭《あたま》を包《つつ》みこむような形《かたち》をしていた。

ヘッドレストには読書灯《どくしょとう》として小《ちい》さなLED《エルイーディー》ライトが組《く》みこまれていて、ひじ置《お》きの横《よこ》にあるスイッチを押《お》すとパッと白《しろ》く輝《かがや》く。

足元《あしもと》には大《おお》きなレッグレストがあり、シートは大《おお》きく倒《たお》れてとても寝《ね》やすそうだった。

それに、すべてのシートにはコンセントが装備《そうび》されていて、ケータイやゲーム機《き》の充電《じゅうでん》をすることができる。

もちろん、前《まえ》にはパソコンも載《の》せられるような大《おお》きなテーブルがあって、さらにひじ置《お》きの中《なか》には、飲《の》みものなんかが置《お》ける小《ちい》さなテーブルも収納《しゅうのう》されていた。

ファラララララララララ！

みんながシートに座《すわ》ると、横《よこ》にある窓《まど》の外《そと》から発車《はっしゃ》をしらせるベルが聞《き》こえてくる。

そして、駅員《えきいん》さんのアナウンスがホームに響《ひび》く。

《お見送《みおく》りのお客《きゃく》さま、黄色《きいろ》い線《せん》の内側《うちがわ》からお願《ねが》いいたしまーす。20番線《ばんせん》からはやぶさ・こまち13号《ごう》、新函館北斗《しんはこだてほくと》・秋田行発車《あきたいきはっしゃ》いたしま〜す》

そんなアナウンスに胸《むね》がちょっと熱《あつ》くなる。

だって、東京駅《とうきょうえき》で北海道《ほっかいどう》の駅名《えきめい》を聞《き》けるようになったんだよ！

今《いま》までは、東京《とうきょう》と北海道《ほっかいどう》を直《ちょく》で結《むす》ぶのは、上野発《うえのはつ》の寝台特急《しんだいとっきゅう》だけだった。

だけど、ついに新幹線《しんかんせん》が北海道《ほっかいどう》に到達《とうたつ》したんだ。

なんだか、北海道《ほっかいどう》がとても身近《みぢか》に感《かん》じられる。

ベルが鳴《な》り終《お》わるとドアが静《しず》かに閉《し》まった。

「北海道《ほっかいどう》に向《む》けてしゅっぱ――――つ!!」

未来《みらい》が右手《みぎて》を挙《あ》げて言《い》うと、応《こた》えるように警笛《けいてき》が鳴《な》る。

ファアアアアアアアアアアアアアアアアアアアアン！

「おっ、動《うご》いた！」

レオンは窓《まど》の外《そと》に目《め》を向《む》けながら目《め》を輝《かがや》かせる。

車窓《しゃそう》からは東京駅《とうきょうえき》まで見送《みおく》りにきた人《ひと》たちが見《み》えた。

未来《みらい》はさっそく、デジカメでパチリと車内《しゃない》を撮《と》りはじめる。

「あれ？　あの古《ふる》いカメラで撮《と》らないの？」

「これは特別《とくべつ》な時用《ときよう》なの」

未来《みらい》は大事《だいじ》そうに古《ふる》いカメラを持《も》ちながら僕《ぼく》に言《い》う。

「特別《とくべつ》な時《とき》？」

「フィルムは枚数《まいすう》が限《かぎ》られてるし、現像代《げんぞうだい》もかかるからね」

新幹線《しんかんせん》は、徐々《じょじょ》にスピードを上《あ》げていく。

寝台車《しんだいしゃ》で東京《とうきょう》を出発《しゅっぱつ》する時《とき》には、楽《たの》しくってワクワクする気持《きも》ちと、母《かあ》さんや父《とう》さんのいる家《いえ》から遠《とお》く離《はな》れていく少《すこ》しさびしい気持《きも》ちが、同時《どうじ》にわきあがる。

だけど、新幹線《しんかんせん》は違《ちが》う。

たとえ行《い》き先《さき》が八〇〇キロ以上彼方《いじょうかなた》の北海道《ほっかいどう》の函館《はこだて》だとしても、さびしいって感《かん》じがしない。

新幹線《しんかんせん》だと「ちょっとそこまで行《い》ってくる」って気持《きも》ちになるからかな。

窓《まど》からは夏《なつ》の強《つよ》い日差《ひざ》しが差《さ》しこんでいた。窓際《まどぎわ》に座《すわ》っていた人《ひと》の中《なか》にはシェードを降《お》ろす人《ひと》もいる。

シェードには、雪《ゆき》の結晶《けっしょう》のようなモチーフが描《えが》かれていた。これも北海道新幹線《ほっかいどうしんかんせん》ならではのデザインだ。

上野《うえの》には10時《じ》25分《ふん》、大宮《おおみや》には10時《じ》45分《ふん》に到着《とうちゃく》。

そして大宮《おおみや》を出《で》たはやぶさ13号《ごう》は、グゥウンと一気《いっき》に加速《かそく》する。

E《イー》5／H《エイチ》5系新幹線《けいしんかんせん》は「ここから本気《ほんき》を出《だ》す」んだ。

だって、最高時速《さいこうじそく》三二〇キロ運転《うんてん》が始《はじ》まるからね。

「これで本当《ほんとう》に時速《じそく》三〇〇キロ以上《いじょう》なのかい？」

レオンがそう不思議《ふしぎ》に思《おも》うのもわかる。

スピードは上《あ》がっているけど、車内《しゃない》への振動《しんどう》はまったくなく、とっても静《しず》かだからね。

「大宮《おおみや》から次《つぎ》の停車駅仙台《ていしゃえきせんだい》までの走行距離《そうこうきょり》は、約《やく》三二一キロメートル。到着予定時間《とうちゃくよていじかん》は11時《じ》52分《ふん》ですから所要時間《しょようじかん》は六十六分《ぷん》です」

大樹《たいき》はメガネの真《ま》ん中《なか》に、すっと右手《みぎて》を置《お》いた。

「えっ⁉　つまり約《やく》一時間《じかん》で三〇〇キロを走破《そうは》するということかい？」

「そうですね。ざっと計算《けいさん》すると、時速《じそく》二八七キロです」

すると、レオンは「？」って顔《かお》をする。

「あれ？　時速《じそく》は三〇〇キロじゃないの？」

「これは平均値《へいきんち》ですからね。大宮《おおみや》からの加速《かそく》、仙台《せんだい》へ向《む》かって減速《げんそく》する分《ぶん》も含《ふく》めても、時《じ》速《そく》二八七キロなのですから、間《あいだ》では最高時速《さいこうじそく》三二〇キロ近《ちか》くで走《はし》っているってことですよ」

「おぉ〜そういうことかっ！」

「車内《しゃない》のどこかに、現在《げんざい》の速度《そくど》が表示《ひょうじ》されていればいいんですけどね」

大樹《たいき》は残念《ざんねん》そうに笑《わら》った。

「ところで、レオン。ひいおじいさんのフランツ二世《せい》が、最初《さいしょ》に日本《にほん》へやってきたのはいつ頃《ごろ》なの？」

「確《たし》か１９６５年頃《ねんごろ》だったと思《おも》う。つまり……、今《いま》から五十年《ねん》くらい前《まえ》だね」

「ふうん。そんな前《まえ》から、日本《にほん》とルヒタンシュタインは仲良《なかよ》しになったんだ。レオンのひいおじいさんに感謝《かんしゃ》しなきゃね。おかげでレオンとＴ３《ティースリー》もこうして知《し》り合《あ》えたんだしね〜」

レオンはうなずき、車窓《しゃそう》に目《め》をやった。

大宮《おおみや》、宇都宮《うつのみや》くらいまでマンションや住宅街《じゅうたくがい》がたくさん見《み》えていたが、郡山《こおりやま》、福島《ふくしま》を通《つう》過《か》すると、青々《あおあお》と続《つづ》く広《ひろ》い田《た》んぼが多《おお》くなった。

田《た》んぼには、まだ黄色《きいろ》に色《いろ》づく前《まえ》の青《あお》い稲《いね》が、まるでじゅうたんのように広《ひろ》がっている。

そして田《た》んぼの向《む》こうには高《たか》い山々《やまやま》が見《み》えた。

「あの雪《ゆき》が残《のこ》っている山《やま》はなんだい？」

日本《にほん》の風景《ふうけい》に興味津々《きょうみしんしん》のレオンは車窓《しゃそう》から見《み》えるものについていろいろと質問《しつもん》する。

僕《ぼく》なんてそのたびに「どうしよう〜」なんて思《おも》うけど、

「あれは磐梯山《ばんだいさん》です」「こっちは蔵王《ざおう》ですよ」

と、すぐに大樹《たいき》が教《おし》えてくれるからとても助《たす》かった。

観光《かんこう》ガイドを担当《たんとう》するってこともあって、今日《きょう》の大樹《たいき》は気合《きあ》いが入《はい》っていて新幹線《しんかんせん》から見《み》える光景《こうけい》についても、かなり調《しら》べていた。

いつもより大樹《たいき》の革《かわ》の手帳《てちょう》が大《おお》きくふくらんでいることからも、それがわかった。

4 盛岡《もりおか》での一大《いちだい》イベント！

東京《とうきょう》から仙台《せんだい》までは一時間半《じかんはん》ほど！

たった一時間半《じかんはん》で車窓《しゃそう》の雰囲気《ふんいき》はガラリと変《か》わって、すっかり東北《とうほく》らしいのどかな光景《こうけい》が続《つづ》いている。

新幹線《しんかんせん》って本当《ほんとう》にすごいよね。

短《みじか》い時間《じかん》で、僕《ぼく》らをまったく別世界《べっせかい》へ連《つ》れていってくれるんだから。

そして、はやぶさ13号《ごう》は仙台《せんだい》から約三十分《やくさんじゅっぷん》で、次《つぎ》の停車駅盛岡《ていしゃえきもりおか》に近《ちか》づく。

《まもなく盛岡《もりおか》。山田線《やまだせん》、花輪線《はなわせん》、いわて銀河鉄道線《ぎんがてつどうせん》はお乗《の》り換《か》えです》

機械《きかい》による自動放送《じどうほうそう》がスピーカーから流《なが》れると、僕《ぼく》は「おしっ」と気合《きあ》いを入《い》れた。

鉄道《てつどう》ファンが盛岡《もりおか》に来《き》たら、やらなきゃならないことがある！

大樹《たいき》も、ゴソゴソと降《お》りる準備《じゅんび》を始《はじ》めた。

「どうしたんだい？」

レオンの横《よこ》に座《すわ》る未来《みらい》も「どうしたの？」って顔《かお》をする。

「未来《みらい》、前《まえ》にE《イー》6系新幹線《けいしんかんせん》『こまち』に乗《の》って秋田《あきた》へ行《い》った時《とき》のこと覚《おぼ》えている？」

未来《みらい》は頬《ほお》に手《て》を当《あ》て、考《かんが》えはじめた。

「えっと……五能線《ごのうせん》でリゾートしらかみに乗《の》って……、旅《たび》の途中《とちゅう》で雄太《ゆうた》の妹《いもうと》の公香《きみか》ちゃんが入院《にゅういん》したから一人《ひとり》で帰《かえ》ることになって……」

あちゃ〜っと僕《ぼく》は額《ひたい》を手《て》で押《お》さえた。思《おも》い出《だ》すのはそこじゃないだろ。

「そうじゃなくて『こまち』に乗《の》って盛岡《もりおか》に着《つ》いた時《とき》のことっ、覚《おぼ》えていない？」

「あぁ〜。真理《まり》さんに会《あ》った時《とき》ね！」

前回僕《ぜんかいぼく》らが盛岡《もりおか》へ来《き》た時《とき》に乗《の》っていたのは、こまちのほう。

その時《とき》に、仙台《せんだい》から乗《の》りこんできた真理《まり》さんって女《おんな》の人《ひと》が「妹《いもうと》が手術《しゅじゅつ》をする病院《びょういん》に急《いそ》いで行《い》かなくちゃいけないの」と困《こま》っていたのをT3《ティースリー》のみんなで助《たす》けたんだ（くわしくは『電車《でんしゃ》で行《い》こう！　夢《ゆめ》の「スーパーこまち」と雪《ゆき》の寝台特急《しんだいとっきゅう》』を見《み》てね）。

「え〜と、え〜と……」

未来《みらい》は盛《さか》んに首《くび》を右《みぎ》に左《ひだり》にかしげている。

じれったくて、僕《ぼく》はまたヒントを口《くち》にした。

「ほら、その時話《ときはな》しただろ？　盛岡《もりおか》でこの新幹線《しんかんせん》がどうなるのかって」

けど、未来《みらい》は、えへへと照《て》れながら頭《あたま》の後《うし》ろをかき、

「なんだっけ？」

と、つぶやいた。

ズデェ〜!!

その瞬間《しゅんかん》、僕《ぼく》と大樹《たいき》はシートの上《うえ》で思《おも》いきりすべってしまった。

「未来《みらい》さん、切《き》り離《はな》しですよ。切《き》り離《はな》しっ！」

ズレたメガネを直《なお》しながら、大樹《たいき》が突《つ》っこむ。

それでも未来《みらい》はぴんと来《き》ていない。

「あ〜そんなこと言《い》っていたね。でも……切《き》り離《はな》しなんて見《み》たっけ？」

「見《み》てないよっ！　だって、前回《ぜんかい》はこまちに乗《の》ってたからね。切《き》り離《はな》しなんて見《み》ていたら

乗《の》り遅《おく》れることになっちゃうでしょ？」

僕《ぼく》があきれていると、レオンが身《み》を乗《の》りだした。

「盛岡《もりおか》で新幹線《しんかんせん》が切《き》り離《はな》されるのかい？」

「そうなんだ！　レオン、それを見逃《みのが》すって手《て》はないだろ？」

僕《ぼく》はケータイを右手《みぎて》に持《も》って言《い》った。

「ああ、そうだな、雄太《ゆうた》！」

ニッと笑《わら》って、レオンは右手《みぎて》の拳《こぶし》を僕《ぼく》に向《む》ける。僕《ぼく》もそこに右手《みぎて》の拳《こぶし》をぶつけて笑《わら》った。

「ここでいったん途中下車《とちゅうげしゃ》するとは思《おも》わなかったな」

「それは、ちょっと違《ちが》うんですよ」

大樹《たいき》が、手《て》に持《も》っていた時刻表《じこくひょう》のページを開《ひら》いて見《み》せる。

これは、いつ見《み》ても、すごいと感心《かんしん》してしまう。

時刻表《じこくひょう》が大好《だいす》きな大樹《たいき》は、目的《もくてき》のページを一発《いっぱつ》で開《ひら》くという得意技《とくいわざ》を持《も》ってるんだ。

「この列車《れっしゃ》が盛岡《もりおか》に到着《とうちゃく》するのは、12時《じ》33分《ぷん》です」

そのまま、大樹《たいき》はこまち13号《ごう》の時刻《じこく》を指《ゆび》で追《お》う。

「二分間停車《ふんかんていしゃ》したあと、まず、秋田行《あきたいき》のこまち13号《ごう》が12時《じ》35分《ふん》に発車《はっしゃ》。そして、それから二分後《ふんご》の12時《じ》37分《ふん》、僕《ぼく》らの乗《の》ったはやぶさ13号《ごう》が発車《はっしゃ》するんです」

「なるほど。だから雄太《ゆうた》は、こまちに乗《の》っている時《とき》は切《き》り離《はな》しを見《み》られないけれど、あとから出発《しゅっぱつ》するはやぶさに乗《の》っている時《とき》は見《み》られると言《い》ったんだな」

「そう。さすがレオン、飲《の》みこみが早《はや》い」

「二分《ふん》もあれば、切《き》り離《はな》しを見終《みお》わってから発車《はっしゃ》までに、確実《かくじつ》にはやぶさへ戻《もど》ってこられます」

大樹《たいき》はきっぱりと言《い》いきる。

レオンがズバッと立《た》ち上《あ》がった。

「だったら！　絶対《ぜったい》に見逃《みのが》すわけにはいかないな！」

僕《ぼく》らも『おうっ！』と応《こた》えて立《た》ち上《あ》がる。

そして、そのまま通路《つうろ》へ出《で》てデッキへと進《すす》んだ。

駅周辺《えきしゅうへん》へさしかかると、Ｈ《エイチ》５系新幹線《けいしんかんせん》はクゥウゥンと減速《げんそく》しはじめる。

その時《とき》、デッキの洗面所《せんめんじょ》のカーテンがシャッと開《ひら》き、ブルクハルトさんが姿《すがた》を現《あらわ》した。

「うっ、うわっ！」

レオンは顔色《かおいろ》一《ひと》つ変《か》えないが、慣《な》れていない僕《ぼく》はぎょっとして、思《おも》わず大《おお》きな声《こえ》を出《だ》してしまった。

「殿下《でんか》、まだ新函館北斗《しんはこだてほくと》ではございません」

「そんなことはわかっている……盛岡《もりおか》で行《おこな》われるＥ《イー》６系《けい》とＨ《エイチ》５系《けい》の切《き》り離《はな》しを、みんなと見《み》にいくんだ。切《き》り離《はな》しから、このはやぶさ13号《ごう》の出発時間《しゅっぱつじかん》まで二分《ふん》ある。その間《あいだ》に、戻《もど》ってくるので心配《しんぱい》はいらない」

「では……私《わたくし》もお供《とも》を」

「おまえも、切《き》り離《はな》しを見《み》たいならそれを止《と》めはしない。しかし、私《わたし》の供《とも》としてＴ３《ティースリー》の三人《にん》がいる。ぞろぞろついてこられるのは困《こま》るな」

「わかりました、殿下《でんか》」

軽《かる》く頭《あたま》を下《さ》げたブルクハルトさんは、再《ふたた》びカーテンをシャッと閉《し》めた。

僕《ぼく》と大樹《たいき》と未来《みらい》は、顔《かお》を見合《みあ》わせた。

なっ、なんなんだ!?　執事《しつじ》って……。

そうこうするうちに、電車《でんしゃ》は静《しず》かに停車《ていしゃ》。内側《うちがわ》が黄緑《きみどり》に塗《ぬ》られた扉《とびら》がプシュッと開《ひら》く。

「よしっ、行《い》こう！」

未来《みらい》を先頭《せんとう》に、僕《ぼく》らは盛岡《もりおか》14番線《ばんせん》ホームに飛《と》び出《だ》した。

そして、約《やく》二〇メートル先《さき》にあるE《イー》６系《けい》とH《エイチ》５系《けい》の先頭車同士《せんとうしゃどうし》が連結《れんけつ》されている場所《ばしょ》を早足《はやあし》で目指《めざ》した。

ガラス越《ご》しに夏《なつ》の太陽《たいよう》に照《て》らされたプラットホームの空気《くうき》は、新幹線《しんかんせん》からの熱《ねつ》もあってムッとしている。

「これは人気《にんき》イベントなんだね」

後《うし》ろを振《ふ》り返《かえ》りながらレオンが言《い》った。

僕《ぼく》らと同《おな》じように、切《き》り離《はな》しを見《み》ようとするお客《きゃく》さんが、ホームを早足《はやあし》で歩《ある》いてくる。

それに加《くわ》えて、盛岡《もりおか》でその瞬間《しゅんかん》を待《ま》っていた地元《じもと》の鉄道《てつどう》ファンの人《ひと》も集《あつ》まっている。

連結器前《れんけつきまえ》は、あっという間《ま》に人《ひと》で埋《う》め尽《つ》くされた。

だから、もし、切《き》り離《はな》しを近《ちか》くで見《み》たいなら、なるべく先頭車《せんとうしゃ》に近《ちか》い車両《しゃりょう》に乗《の》るのがおすすめなんだ。

僕《ぼく》らは連結部《れんけつぶ》がよく見《み》える位置《いち》に並《なら》んだ。

サンライズ出雲《いずも》や北斗星《ほくとせい》のように、パイプやジャバラを切《き》り離《はな》す時《とき》には、作業員《さぎょういん》さんが必要《ひつよう》だけれど、新幹線《しんかんせん》の切《き》り離《はな》しはすべて自動《じどう》で行《おこな》われ、作業員《さぎょういん》さんは立《た》ち会《あ》わない。

変化《へんか》する点《てん》といえば、E《イー》6系《けい》の運転台《うんてんだい》の下《した》に、赤《あか》いテールランプがともるくらい。

というのも、こまち13号《ごう》の11号車《ごうしゃ》はこれまでは中間車《ちゅうかんしゃ》だったから。切《き》り離《はな》されると最後《さいこう》尾《び》の車両《しゃりょう》となるので、テールランプを点灯《てんとう》させなくてはいけなくなるんだ。

そして同《おな》じく、はやぶさ13号《ごう》の10号車《ごうしゃ》が先頭車《せんとうしゃ》になるので、そのおでこの部分《ぶぶん》にある白《しろ》いヘッドライトが輝《かがや》きはじめる。

これで切《き》り離《はな》し準備《じゅんび》は終了《しゅうりょう》。

まもなく発車《はっしゃ》ベルとアナウンスが聞《き》こえた。

フルルルルルルルルルルルルルルルルル……。

《14番線《ばんせん》からこまち13号《ごう》が発車《はっしゃ》いたします》

フワァァァァァァァン！

はるか前方《ぜんぽう》の、こまち13号《ごう》の先頭車《せんとうしゃ》から警笛《けいてき》が鳴《な》る。

その瞬間《しゅんかん》、連結器《れんけつき》が離《はな》れて、連結器上部《れんけつきじょうぶ》に上《あ》がっていたシャッターのような金具《かなぐ》がカシャンと落《お》ちた。

「これでおしまい？　わりとアッサリなのね」

未来《みらい》はデジカメで撮《と》りながらつぶやく。

「新幹線《しんかんせん》は、連結器内《れんけつきない》に電源《でんげん》ケーブルもまとめて入《はい》っていますからね」

大樹《たいき》は興味深《きょうみぶか》げにフムフムとうなずきながら、離《はな》れていくこまちの後部《こうぶ》を見《み》つめた。

こまち13号《ごう》の連結器《れんけつき》は奥《おく》へと収納《しゅうのう》され、走《はし》りながらチューリップの花《はな》のような連結部《れんけつぶ》カバーが両側《りょうがわ》から出《で》てきて閉《し》まっていく。

今《いま》まで見《み》えていた連結器《れんけつき》の姿《すがた》は、もうどこにも見《み》えない。

「すごい！　これぞ日本《にほん》の技術《ぎじゅつ》。新幹線《しんかんせん》は素晴《すば》らしいな」

レオンは手《て》をたたいて喜《よろこ》ぶ。

同時《どうじ》に、はやぶさ13号《ごう》のほうの連結器《れんけつき》カバーも閉《と》じられ、するどくとがったフロントノーズが出現《しゅつげん》していた。

まるで変身《へんしん》！

何度見《なんどみ》ても新幹線《しんかんせん》の切《き》り離《はな》しと連結《れんけつ》はかっこいいよねっ！

僕《ぼく》は大満足《だいまんぞく》して、みんなに声《こえ》をかけた。

「よしっ、戻《もど》ろう！」

余裕《よゆう》で車内《しゃない》に戻《もど》った僕《ぼく》らはデッキに立《た》ち止《ど》まって、ドアが閉《し》まるのを見《み》つめる。

《14番線《ばんせん》からはやぶさ13号《ごう》が発車《はっしゃ》します》

発車《はっしゃ》ベルがフルルルと鳴《な》り響《ひび》く中《なか》、出発《しゅっぱつ》を告《つ》げるアナウンスが聞《き》こえた。

続《つづ》いて、扉《とびら》の上《うえ》にある赤《あか》いランプが点滅《てんめつ》しはじめる。

《ドアが閉《し》まります》

それから、H《エイチ》5系《けい》の扉《とびら》はプシュッと大《おお》きな音《おと》を鳴《な》らして、ススッと閉《し》まった。

最後《さいご》にカチャリとロックする音《おと》がデッキに響《ひび》いた。

これも、何度《なんど》見《み》ても、かっこいいっ！

ふわっとすべるように新幹線《しんかんせん》が走《はし》りだしてから、僕《ぼく》らは自分《じぶん》たちのシートに戻《もど》った。

「うわっ！　駅弁《えきべん》が用意《ようい》されている！」

「えっ、どうしたのこれ？」

それぞれのひじ置《お》きからテーブルが取《と》り出《だ》され、その上《うえ》に駅弁《えきべん》とお茶《ちゃ》のペットボトルが置《お》いてあった。

「私《わたし》たちが盛岡《もりおか》で切《き》り離《はな》しを見《み》ている間《あいだ》に、ブルクハルトが用意《ようい》したものだよ。さぁ、諸《しょ》君《くん》、お昼《ひる》にしよう。食堂車《しょくどうしゃ》じゃないのが少《すこ》しさびしいところだがな……」

少《すこ》し残念《ざんねん》そうな顔《かお》をしたレオンの肩《かた》を、僕《ぼく》はニコリと笑《わら》いながらポンポンとたたく。

「レオン、日本《にほん》の電車《でんしゃ》での食事《しょくじ》は今《いま》や『駅弁《えきべん》』だよっ！」

「だが冷《ひ》えた食事《しょくじ》には違《ちが》いないだろう？」

「『郷《ごう》にいっては郷《ごう》に従《したが》え』って言《い》うでしょ？　レオンには日本《にほん》の鉄道《てつどう》のほこる『駅弁《えきべん》』も楽《たの》しんでみてほしいな」

「……雄太《ゆうた》がそこまで言《い》うなら」

今回《こんかい》はみんな同《おな》じ駅弁《えきべん》。

高級感《こうきゅうかん》のある黒《くろ》い包《つつ》みの真《ま》ん中《なか》には、ズバッと赤《あか》く塗《ぬ》られた部分《ぶぶん》があって、そこには流《なが》れるような筆文字《ふでもじ》で『岩手《いわて》の海《うみ》の幸弁当《さちべんとう》』と書《か》かれている。

包《つつ》み紙《がみ》を開《あ》けると、長方形《ちょうほうけい》のお弁当箱《べんとうばこ》が現《あらわ》れた。

その木目《もくめ》のフタを開《あ》けると――。

『うわぁぁぁぁぁぁぁ！』

つい今《いま》までブツブツ言《い》っていたレオンからも、声《こえ》がもれ出《で》た。

お弁当《べんとう》は、あざやかな黄色《きいろ》の金糸卵《きんしたまご》で埋《う》めつくされて、下《した》にしかれた白《しろ》いごはんがどこにも見《み》えないほど。

さらに、その上《うえ》にはほどよく焼《や》いてほぐされた鮭《さけ》、真《ま》っ赤《か》ないくら、よく煮《に》こまれた貝《かい》や野菜《やさい》が、ところせましと載《の》っている。

グルメレポーターじゃないけど、「これは海《うみ》の幸《さち》の宝石箱《ほうせきばこ》や〜！」と叫《さけ》びたくなるくらい豪華《ごうか》なお弁当《べんとう》だ。

僕《ぼく》らは、お手《て》ふきで手《て》を拭《ふ》いてからパチンと手《て》を合《あ》わせた。レオンも僕《ぼく》らのまねをして手《て》を合《あ》わせている。

『いただきま――――す!!』

僕《ぼく》はお弁当箱《べんとうばこ》からあふれそうになっていたプリプリのいくらと金糸卵《きんしたまご》を、ごはんと一緒《いっしょ》にガッとすくって口《くち》へポーンと放《ほう》りこんだ。

ああ、幸《しあわ》せ！

口《くち》の中《なか》に海《うみ》が広《ひろ》がったような感《かん》じ。

「デリシャス！　美味《おい》しいじゃないかっ！」

僕《ぼく》よりも先《さき》にレオンがそう言《い》った。

「ねっ、だから言《い》ったでしょ？」

「冷《ひ》えていても、こんな美味《おい》しいものがあるなんて！」

パクパクとごはんを口へ運《はこ》ぶレオンに、僕《ぼく》は遠藤《えんどう》さんの口《くち》マネをしながら話《はな》す。

「日本《にほん》では、新幹線《しんかんせん》が速《はや》くなりすぎて食堂車《しょくどうしゃ》が少《すく》なくなっちゃったんだけど、そのぶん、駅《えき》で買《か》える駅弁《えきべん》はとっても美味《おい》しくなったんだ！」

これは『駅弁鉄《えきべんてつ》』の遠藤《えんどう》さんが、T3《ティースリー》のミーティングでよく言《い》っていること。

「雄太《ゆうた》、遠藤《えんどう》さんのマネ、かなりうまくなってきたね」

クスっと笑《わら》いながら、未来《みらい》は野菜《やさい》の煮物《にもの》を口《くち》に入《い》れた。

「そっ、そうかな？」

「本当《ほんとう》に、『郷《ごう》にいっては郷《ごう》に従《したが》え』だな。こういったものが電車内《でんしゃない》で食《た》べられるとは……。これも日本《にほん》の鉄道《てつどう》の優《すぐ》れているポイントだな」

『いやぁ〜そんなぁ〜』

僕《ぼく》と大樹《たいき》は、自分《じぶん》がほめられたみたいな気分《きぶん》で思《おも》わず照《て》れた。

5 新幹線《しんかんせん》に乗《の》って青函《せいかん》トンネルへ

盛岡《もりおか》を出《で》ると、風景《ふうけい》がまた変化《へんか》した。

新幹線《しんかんせん》沿線《えんせん》に民家《みんか》は少《すく》なくなり、深《ふか》い森《もり》が周囲《しゅうい》に現《あらわ》れるようになる。

遠《とお》くにあった山々《やまやま》が近《ちか》くに迫《せま》り、長《なが》いトンネルが多《おお》くなった。

高《たか》い山《やま》を貫《つらぬ》くトンネルや、深《ふか》い谷《たに》を渡《わた》る高架橋《こうかきょう》を、次々《つぎつぎ》突破《とっぱ》してＨ《エイチ》５系《けい》新幹線《しんかんせん》は走《はし》る。

八戸《はちのへ》に13時《じ》４分《ぷん》、新青森《しんあおもり》には13時《じ》29分《ふん》に到着《とうちゃく》。

そしてここからが、新《あたら》しく作《つく》られた北海道新幹線《ほっかいどうしんかんせん》の路線《ろせん》だ！

今《いま》までは在来線《ざいらいせん》でしか行《い》けなかった北海道《ほっかいどう》に、ついに新幹線《しんかんせん》で行《い》けるようになったんだ。

新《あたら》しい路線《ろせん》に入《はい》る時《とき》は、なんだかいつもちょっと緊張《きんちょう》する。

津軽半島《つがるはんとう》へと続《つづ》く線路《せんろ》を進《すす》みはじめた。

今《いま》まであんなに飛《と》ばしていたのに、ここからはゆっくりだ。

「あれ？　どうしたんだい？　やけに遅《おそ》いじゃないか」

レオンは窓《まど》に顔《かお》を近《ちか》づけた。

「この先《さき》は青函《せいかん》トンネルだからね」

「それは私《わたし》も知《し》っている。青函《せいかん》トンネルは、世界最長《せかいさいちょう》の海底《かいてい》トンネルだってね」

僕《ぼく》はうなずいた。

「ここまでは最高速度《さいこうそくど》時速《じそく》三二〇キロだったけど、青函《せいかん》トンネル内《ない》は最高速度《さいこうそくど》が時速《じそく》一四〇キロに制限《せいげん》されるんだ」

「なるほど、そういうわけか……」

大樹《たいき》はメガネのフチを押《お》さえながら、ふっ

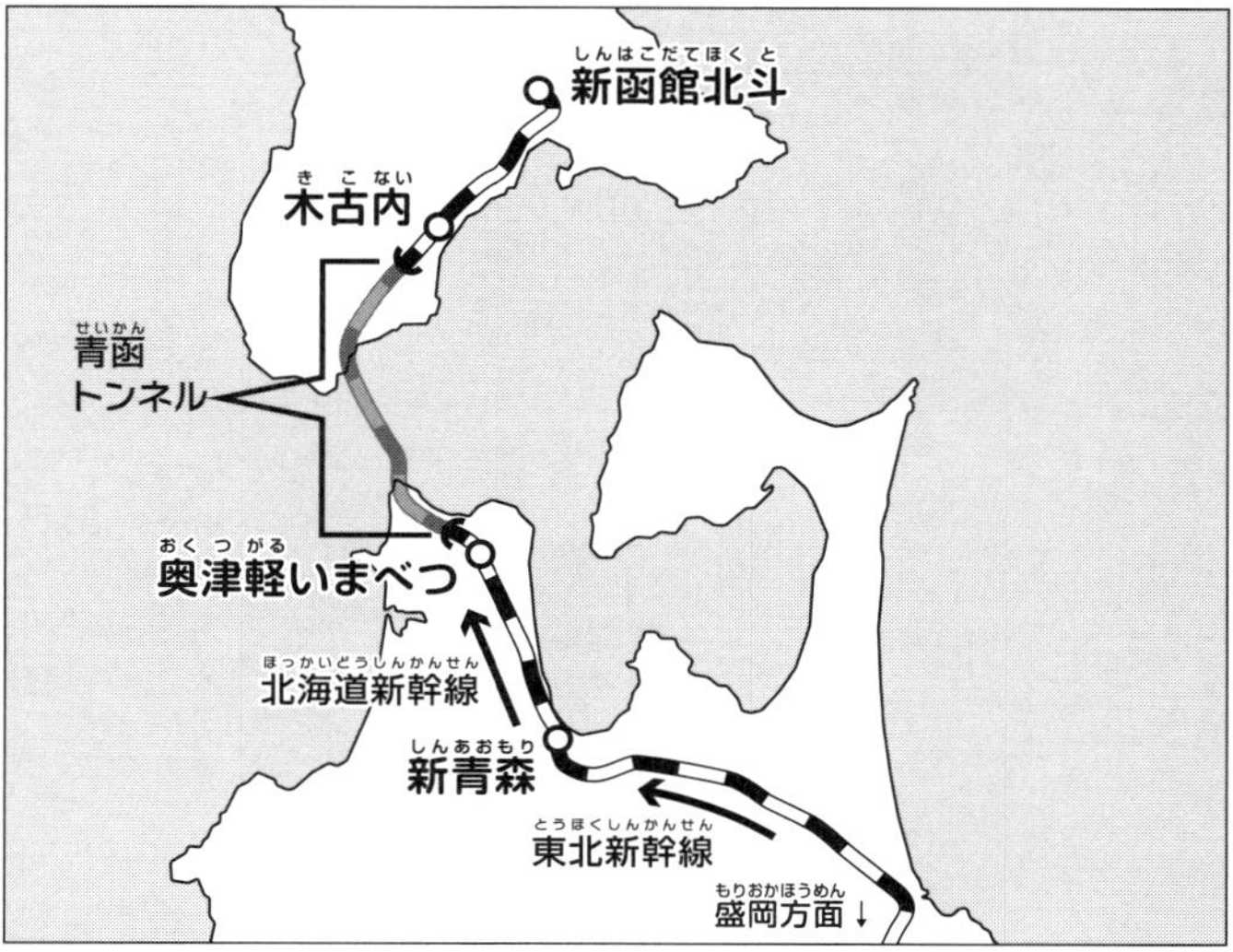

と笑顔《えがお》を見《み》せ、口《くち》を開《ひら》いた。

「遅《おそ》いとは言《い》いますが……、時速《じそく》一四〇キロというのは、在来線《ざいらいせん》の最高速度《さいこうそくど》なんです。しかも、この速度《そくど》は青函《せいかん》トンネル内《ない》のみしか許可《きょか》されていないんですよ」

「今《いま》までが速《はや》すぎるから、とても遅《おそ》く感《かん》じるってことだな」

「そういうことです」

新幹線《しんかんせん》は、本州最北《ほんしゅうさいほく》の駅《えき》、奥津軽《おくつがる》いまべつの12番線《ばんせん》に到着《とうちゃく》。

ここでは降《お》りる人《ひと》も乗《の》ってくる人《ひと》もおらず、ホームはなんだかひっそりしていた。

一分《いっぷん》ほど停車《ていしゃ》してから、はやぶさ13号《ごう》は13時《じ》47分《ふん》に再《ふたた》び発車《はっしゃ》した。

高《たか》い針葉樹《しんようじゅ》が線路《せんろ》沿《ぞ》いを包《つつ》む中《なか》を、新幹線《しんかんせん》はゆっくり走《はし》っていく。

未来《みらい》が「むぅぅ」と腕《うで》を組《く》んだのはその時《とき》だ。

「どうしたの？　未来《みらい》。難《むずか》しそうな顔《かお》して」

「ね、雄太《ゆうた》、青函《せいかん》トンネルって、新幹線用《しんかんせんよう》にもう一本《いっぽん》掘《ほ》ったの？」


『うはっ〜!!』

Ｔ３《ティースリー》の一員《いちいん》とは思《おも》えない発言《はつげん》に、僕《ぼく》と大樹《たいき》の口《くち》がぽかんと開《あ》いた。あわてて、口《くち》を閉《と》じ、僕《ぼく》は未来《みらい》を見《み》つめる。

「なに言《い》ってんだよっ！」

「そんなの簡単《かんたん》に掘《ほ》れませんよっ！」

僕《ぼく》と大樹《たいき》は、ダブルパンチで突《つ》っこんだ。

「えっ……でもさぁ、今《いま》まで電車《でんしゃ》で『北海道《ほっかいどう》へ行《い》く』って時《とき》は、寝台特急《しんだいとっきゅう》『北斗星《ほくとせい》』みたいな在来線《ざいらいせん》を使《つか》ってたんでしょ？　だったらレール幅《はば》は一メートルくらいじゃない」

未来《みらい》は両手《りょうて》をレールのように並《なら》べて見《み》せた。

「そうですね。青函《せいかん》トンネル内《ない》の軌道《きどう》は、一〇六七ミリメートルでした」

大樹《たいき》がキッチリと訂正《ていせい》すると、未来《みらい》は両手《りょうて》の幅《はば》を広《ひろ》げる。

「でも新幹線《しんかんせん》の軌道幅《きどうはば》って、確《たし》か一メートル半《はん》くらいなかった？」

「はい、一四三五ミリメートルです」

「ほらっ。軌道《きどう》が大《おお》きくなったのに、トンネルの大《おお》きさはそのままでいいの？」

「確《たし》かにそうだな、未来《みらい》！　これはおもしろい。どうなんだ雄太《ゆうた》、大樹《たいき》？」

レオンも興味津々《きょうみしんしん》で、体《からだ》を前《まえ》のめりにしてくる。

「実《じつ》は、青函《せいかん》トンネルは最初《さいしょ》から『新幹線《しんかんせん》を通《とお》す』ことを目標《もくひょう》に作《つく》られているので、充分《じゅうぶん》な幅《はば》があるんですよ」

大樹《たいき》が二人《ふたり》を見《み》つめながら言《い》った。

「想定《そうてい》ずみということか！」

「はい。いつか北海道《ほっかいどう》に新幹線《しんかんせん》を通《とお》す、という祈《いの》りにも似《に》た思《おも》いがあったんでしょう。ですから、軌道《きどう》の広《ひろ》い新幹線《しんかんせん》が通《とお》ることになっても、軌道幅《きどうはば》を変更《へんこう》するだけですんだんです」

未来《みらい》はフンフンとうなずく。

「ってことは……軌道幅《きどうはば》を新幹線《しんかんせん》に合《あ》わせて広《ひろ》げたのよね。じゃ、もう在来線《ざいらいせん》の列車《れっしゃ》は走《はし》れなくなっちゃったの？」

シートに並《なら》んで座《すわ》っている僕《ぼく》と大樹《たいき》は、顔《かお》を見合《みあ》わせてニヤ～と笑《わら》った。

「実《じつ》は、軌道幅《きどうはば》一〇六七ミリメートルの列車《れっしゃ》も、トンネル内《ない》を走《はし》れるんです。電圧《でんあつ》の問題《もんだい》があって在来線《ざいらいせん》の電車《でんしゃ》を〝そのまま〟ってわけにはいきませんが」

レオンと未来《みらい》が目《め》をしばたたかせた。

『えっ⁉　どうして！　どうやって！』

大樹《たいき》は時刻表《じこくひょう》の地図《ちず》のページを開《ひら》いて二人《ふたり》に見《み》せた。

「さっき停車《ていしゃ》した『奥津軽《おくつがる》いまべつ』の手前《てまえ》にある、『新中小国信号場《しんなかおぐにしんごうじょう》』という場所《ばしょ》から青函《せいかん》トンネル、そして『木古内《きこない》』駅《えき》の手前《てまえ》の『湯の里知内信号場《ゆのさとしりうちしんごうじょう》』までの間《あいだ》が『三線軌《さんせんき》条《じょう》』になっているんですよ」

「三線軌条《さんせんきじょう》？　それどこかで聞《き》いたことがある。え〜、どこで聞《き》いたんだろう……」

未来《みらい》は人差《ひとさ》し指《ゆび》で頭《あたま》をポンポンとたたく。

頭《あたま》をたたけば思《おも》い出《だ》せるってもんでもないだろうけど……。

「箱根《はこね》へ行《い》った時《とき》に小田急《おだきゅう》の箱根湯本《はこねゆもと》から入生田《いりうだ》まで乗《の》った時《とき》ですね。線路《せんろ》が三本《ぼん》、並《なら》んでいたのを見《み》たでしょう」

「あ、思《おも》い出《だ》した。そうそう！　線路《せんろ》が三本並《ぼんなら》んでいたので、びっくりしたの」

未来《みらい》が顔《かお》を上《あ》げて、大《おお》きく目《め》を開《ひら》いた。

大樹《たいき》は続《つづ》ける。

「それと同《おな》じように、ここにもレールが三本並《ぼんなら》んでいるんです。内側《うちがわ》のレールで在来線《ざいらいせん》が、外側《そとがわ》のレールで新幹線《しんかんせん》が走《はし》れるんです」

「おぉ〜、素晴《すば》らしい！　これも青函《せいかん》トンネルの秘密《ひみつ》なんだね。北海道新幹線《ほっかいどうしんかんせん》は本当《ほんとう》におもしろいな!!」

レオンは、うれしそうにウインクした。

「右《みぎ》の窓《まど》から上《のぼ》り線《せん》を見《み》ると、よくわかりますよ」

僕《ぼく》らは右《みぎ》の窓《まど》に顔《かお》をくっつけて、三本《ぼん》のレールを見《み》つめた。

それから僕《ぼく》らは、車窓《しゃそう》にじっと注目《ちゅうもく》した。

まもなく青函《せいかん》トンネルだからだ。

「ねえ、確《たし》か青函《せいかん》トンネルの入口《いりぐち》ってわかりにくかったんじゃなかった？」

窓《まど》にデジカメを押《お》し当《あ》てながら未来《みらい》が僕《ぼく》に言《い》った。

「うん。『これが青函《せいかん》トンネル』って看板《かんばん》が線路脇《せんろわき》に立《た》っているわけでもないし、それに青函《せいかん》トンネルの前《まえ》にいくつか小《ちい》さなトンネルがあるから、すごくまぎらわしいんだ」

「でも、その瞬間《しゅんかん》、逃《のが》したくないよね。トンネルに入《はい》って、外《そと》が真《ま》っ暗《くら》なままだから、『あっ、ここが青函《せいかん》トンネルだ』ってわかるなんて、残念《ざんねん》じゃない？」

「未来《みらい》さん、そんな時《とき》はこれですよ」

大樹《たいき》は右手《みぎて》に持《も》ったケータイを前《まえ》に出《だ》した。

「ケータイ？　それでどうやって青函《せいかん》トンネルの位置《いち》がわかるの？」

「これだけじゃわかりませんが……」

大樹《たいき》はケータイをみんなの前《まえ》に差《さ》し出《だ》し、地図《ちず》アプリのアイコンをポチッと押《お》した。

地図《ちず》が表示《ひょうじ》されてしばらくすると、スルスルと画面《がめん》がスクロールして青森《あおもり》の津軽半島《つがるはんとう》がフォーカスされる。

やがて、線路《せんろ》らしきラインにそって、移動《いどう》を続《つづ》ける丸《まる》い点《てん》が表示《ひょうじ》された。

「この丸《まる》い点《てん》が、僕《ぼく》らが乗《の》っているはやぶさ13号《ごう》です。ケータイのGPS《ジーピーエス》機能《きのう》を利用《りよう》して現在位置《げんざいいち》を調《しら》べるんです」

大樹《たいき》の説明《せつめい》を聞《き》いたレオンが、パチンと指《ゆび》を鳴《な》らす。

「それで青函《せいかん》トンネルの接近《せっきん》を調《しら》べるというわけか。すごいな、大樹《たいき》」

「いやぁ、これは青函《せいかん》トンネルに限《かぎ》らず、いつも使《つか》っている方法《ほうほう》なんです。車窓《しゃそう》で見《み》たいものがある時《とき》に、あとどれくらいで見《み》られるのか、ベストショットのタイミングはいつかということがわかるんですよ」

その方法《ほうほう》は僕《ぼく》も使《つか》うことがある。

「たとえば、海《うみ》に近《ちか》い線路《せんろ》を走《はし》る列車《れっしゃ》に乗《の》っている時《とき》なんかにも、地図《ちず》アプリを使《つか》えば、どのタイミングで海《うみ》が見《み》られそうかってことが先《さき》にわかって、便利《べんり》だよね」

「雄太《ゆうた》も、その方法《ほうほう》を知《し》っていたのか」

「もちろん」

レオンは驚《おどろ》いたように、目《め》をみはった。

昔《むかし》は大変《たいへん》だったことも、ケータイやパソコンの進歩《しんぽ》で楽《らく》になることがある。

鉄道《てつどう》ファンとして、いろいろと新《あたら》しい技術《ぎじゅつ》に慣《な》れていかないとねっ。

画面《がめん》に目《め》を落《お》とした大樹《たいき》がはっとして顔《かお》を上《あ》げた。

「みなさん、もうすぐ青函《せいかん》トンネルです」

大樹《たいき》が言《い》うのとほぼ同《おな》じくらいに、車掌《しゃしょう》さんのアナウンスが始《はじ》まった。

《そろそろ、青函《せいかん》トンネルでございます。青函《せいかん》トンネルは全長《ぜんちょう》五三・八五キロ――》

ゴクリとつばを飲《の》み、四人《よにん》そろって車窓《しゃそう》をじっと見《み》つめる。

フワァァァァァァァァァァァァァァァン!!

H《エイチ》5系《けい》の警笛《けいてき》が大《おお》きく鳴《な》った瞬間《しゅんかん》、
ヒュゴ―――――――――――。

車内《しゃない》は、飛行機《ひこうき》が飛《と》び立《た》つ時《とき》のような低音《ていおん》に包《つつ》まれた。

左右《さゆう》の窓《まど》の外《そと》に見《み》えるのは灰色《はいいろ》の壁《かべ》。そして、壁《かべ》に設置《せっち》されている細長《ほそなが》い照明《しょうめい》が次々《つぎつぎ》に後《うし》ろへ飛《と》んでいく。まるでレーザービームのようだ。

やったぁ！　初北海道新幹線《はつほっかいどうしんかんせん》で、初青函《はつせいかん》トンネルっ!!

僕《ぼく》は、ぎゅーっと胸《むね》がいっぱいになった。

津軽海峡《つがるかいきょう》の海底《かいてい》を、僕《ぼく》らの乗《の》るはやぶさ13号《ごう》が今《いま》、この瞬間《しゅんかん》、走《はし》っているかと思《おも》うと、感動《かんどう》で体《からだ》が震《ふる》えそうだ。

「青函《せいかん》トンネルを抜《ぬ》けるのにどのくらいかかるんだい？」

「新幹線《しんかんせん》でも最高速度《さいこうそくど》は在来線《ざいらいせん》と大《おお》きく変《か》わりませんので、三十分《さんじゅっぷん》から四十分《よんじゅっぷん》くらいだと思《おも》います」

大樹《たいき》の顔《かお》も心《こころ》なしか紅潮《こうちょう》している。

青函《せいかん》トンネルは、ただ真《ま》っ暗《くら》な中《なか》を走《はし》るだけではない。

鉄道《てつどう》ファンなら見《み》ておかなくちゃいけない、トレインスポットが二《ふた》つあるんだ。

それは青函《せいかん》トンネル内《ない》にある、二か所《しょ》の駅《えき》の跡《あと》。

青森側《あおもりがわ》には『竜飛海底駅《たっぴかいていえき》』、北海道側《ほっかいどうがわ》には『吉岡海底駅《よしおかかいていえき》』がある。

北海道新幹線《ほっかいどうしんかんせん》の工事《こうじ》に伴《ともな》って資材置《しざいお》き場《ば》となって廃止《はいし》されたので、今《いま》は利用《りよう》できないんだけど、かつては、この二《ふた》つの駅《えき》に下車《げしゃ》することもできたんだよ。

特《とく》に、吉岡海底駅《よしおかかいていえき》は、世界一深《せかいいちふか》い場所《ばしょ》にある鉄道駅《てつどうえき》だったんだ。

やがてトンネル内《ない》に、突然《とつぜん》たくさんの光《ひかり》が現《あらわ》れた。

「ほらほらっ、きっとここだよっ！」

大樹《たいき》と僕《ぼく》は、トンネルの壁《かべ》を指差《ゆびさ》して盛《も》りあがった。

前《まえ》にT3《ティースリー》が北斗星《ほくとせい》で青函《せいかん》トンネルを通《とお》った時《とき》にもそうしたように、未来《みらい》はデジカメで通《つう》過《か》していく駅《えき》の跡《あと》に、連続《れんぞく》でシャッターを切《き》った。

通過《つうか》してしばらくすると、同《おな》じようにまた光《ひかり》があふれる部分《ぶぶん》を通《とお》る。こっちはきっと吉《よし》

岡海底駅《おかかいていえき》だね。

そして、再《ふたた》び暗闇《くらやみ》と細長《ほそなが》い照明《しょうめい》の車窓《しゃそう》が続《つづ》いたあと、突然《とつぜん》、車内《しゃない》に日《ひ》の光《ひかり》がぴかーっと射《さ》しこむ。

『おわぁ～』

まぶしい！　こんなにも日《ひ》の光《ひかり》が明《あか》るいなんて。

目《め》に入《はい》る光《ひかり》を手《て》でさえぎりながら、まるでドラキュラみたいだなと笑《わら》ってしまった。

三十分《さんじゅっぷん》もトンネル内《ない》にいると、完全《かんぜん》に目《め》が夜《よる》モードになっちゃうんだ。

そして昼《ひる》モードに戻《もど》すのに、どうしても数秒間《すうびょうかん》かかるみたい。

やっと光《ひかり》に目《め》が慣《な》れ、外《そと》の光景《こうけい》を目《め》にした僕《ぼく》は、思《おも》わず拳《こぶし》を握《にぎ》りしめた。

『うおおおおおおおおおおおお！』

そこには、広《ひろ》い大地《だいち》がどこまでも続《つづ》いていた。

新幹線《しんかんせん》で北海道《ほっかいどう》に来《き》たんだ！

一《ひと》つ一《ひと》つが大《おお》きく分《わ》けられた畑《はたけ》、なだらかな丘《おか》、その向《む》こうには雄大《ゆうだい》な北海道《ほっかいどう》の山々《やまやま》が見《み》える。

日《ひ》の光《ひかり》を浴《あ》びてキラキラ輝《かがや》いている津軽海峡《つがるかいきょう》もチラリと見《み》えた。

「やったー‼　北海道上陸《ほっかいどうじょうりく》ー‼」

未来《みらい》が立《た》ち上《あ》がり、ガッツポーズを作《つく》る。

「おぉ〜これが北海道《ほっかいどう》か……。少《すこ》しヨーロッパに雰囲気《ふんいき》が近《ちか》いな」

レオンは懐《なつ》かしむように目《め》を細《ほそ》めた。

「新幹線《しんかんせん》となっても青函《せいかん》トンネル通過時間《つうかじかん》は、三十九分《ふん》四十秒《びょう》っと……」

大樹《たいき》は前《まえ》に北斗星《ほくとせい》で通過《つうか》した時《とき》のデータと見比《みくら》べながら、手帳《てちょう》に書《か》きこむ。

「新幹線《しんかんせん》で北海道《ほっかいどう》まで来《こ》られたなんて……感動《かんどう》するなぁ」

僕《ぼく》は思《おも》わず胸《むね》を押《お》さえた。

北海道《ほっかいどう》に入《はい》った新幹線《しんかんせん》は右《みぎ》へとゆるくカーブをして、新《あたら》しく作《つく》られた木古内《きこない》のホームに停車《ていしゃ》。それから北海道新幹線《ほっかいどうしんかんせん》の終点目指《しゅうてんめざ》してまた走《はし》りだす。

線路沿《せんろぞ》いには防音壁《ぼうおんへき》があって景色《けしき》が見《み》えにくかったりもするけれど、その合間《あいま》からは、広々《ひろびろ》としたのどかな田園風景《でんえんふうけい》が見《み》える。

やがて車内放送《しゃないほうそう》をしらせるチャイムが鳴《な》り停車駅案内《ていしゃえきあんない》が流《なが》れはじめた。

《まもなく終点《しゅうてん》、新函館北斗《しんはこだてほくと》です。函館本線《はこだてほんせん》はお乗《の》り換《か》えです。お降《お》りのお客《きゃく》さまは、お忘《わす》れ物《もの》のないようお支度《したく》ください》

その放送《ほうそう》を聞《き》いたとたん、僕《ぼく》はちょっとさびしくなってしまった。

「えっ〜もう着《つ》いちゃうの？」

「うん。あっという間《ま》だったね」

未来《みらい》はデジカメをいそいそとバッグにしまいはじめる。

「北斗星《ほくとせい》の時《とき》は上野《うえの》を夕方《ゆうがた》に出発《しゅっぱつ》して、函館《はこだて》は明朝《みょうちょう》だったのに……」

「へぇ〜今《いま》まではそんなに時間《じかん》がかかっていたのかい？」

不思議《ふしぎ》そうにたずねたレオンに、大樹《たいき》が答《こた》える。

「そうですね。だいたい約《やく》十四時間《じかん》かかっていました」

「じゅ、十四時間《じかん》!?」

大樹《たいき》はニコリと微笑《ほほえ》む。

「もちろん、それは上野《うえの》から函館《はこだて》まで寝台列車《しんだいれっしゃ》に乗《の》った時間《じかん》です。もっと早《はや》く行《い》こうと思《おも》えば、東京《とうきょう》から新青森《しんあおもり》まで新幹線《しんかんせん》に乗《の》り、新青森《しんあおもり》で『特急《とっきゅう》スーパー白鳥《はくちょう》』に乗《の》り継《つ》いで、青函《せいかん》トンネルを抜《ぬ》け……そうすれば、約《やく》五時間半《じかんはん》で函館《はこだて》に到着《とうちゃく》できました」

「そういうことか。私《わたし》も北海道《ほっかいどう》といえば飛行機《ひこうき》だと思《おも》っていたが、これからは北海道新幹《ほっかいどうしんかん》線《せん》もいい選択肢《せんたくし》になるわけだな！」

「最速《さいそく》のはやぶさに乗《の》れば東京《とうきょう》〜新函館北斗《しんはこだてほくと》間《かん》は、たったの四時間《じかん》二分《ふん》です。しかも今後《こんご》、JR《ジェイアール》では青函《せいかん》トンネル内《ない》の通過《つうか》スピードを上《あ》げて、所要時間《しょようじかん》をもっと短《みじか》くする予定《よてい》ですからね」

「新幹線《しんかんせん》が通《とお》ると、生活《せいかつ》が大《おお》きく変《か》わるって……本当《ほんとう》だな。素晴《すば》らしい」

レオンに向《む》かって僕《ぼく》は大《おお》きくうなずく。

「日本《にほん》には新幹線《しんかんせん》がある。それは僕《ぼく》らの誇《ほこ》りなんだっ！」

「本当《ほんとう》にそうだろうと思《おも》うよ」

レオンは微笑《ほほえ》んだ。

はやぶさ13号《ごう》はギュンと加速《かそく》しながら、新函館北斗《しんはこだてほくと》へ続《つづ》くトンネルへ入《はい》っていった。

6 五十年前《ねんまえ》のミステリー

終点《しゅうてん》の新函館北斗《しんはこだてほくと》が近《ちか》づくとトンネルが多《おお》くなり、あまり外《そと》の景色《けしき》は見《み》られなくなる。

なにも見《み》えなくなった暗《くら》い車窓《しゃそう》に目《め》をやりながら、レオンはフッと微笑《ほほえ》んだ。

「……そういえば」

「どうしたの？」

僕《ぼく》は聞《き》き返《かえ》す。

「実《じつ》はルヒタンシュタイン公国《こうこく》と日本《にほん》のつきあいが始《はじ》まったのは、ひいおじいさま――フランツ二世《せい》が１９６５年《ねん》ごろに、函館《はこだて》を訪《おとず》れてからなんだ」

「えっ？　函館《はこだて》？　東京《とうきょう》じゃないの？」

レオンはあっはははと笑《わら》う。

「普通《ふつう》ならそうだよね。その頃《ころ》はもう、飛行機《ひこうき》の時代《じだい》になっていたから、羽田《はねだ》に着《つ》くほうが一般的《いっぱんてき》だったと思《おも》う。けれど、ひいおじいさまは鉄道《てつどう》が好《す》きで、鉄道《てつどう》で大陸《たいりく》を横断《おうだん》して日本《にほん》に来《き》たんだ」

未来《みらい》がへぇ〜と口《くち》に手《て》を当《あ》てる。

鉄道好《てつどうず》きだったレオンのひいおじいさん。急《きゅう》に身近《みぢか》な人《ひと》のように思《おも》えた。

と、時刻表《じこくひょう》を見《み》ていた大樹《たいき》が顔《かお》を上《あ》げた。

「すると、ひいおじいさんは『シベリア鉄道《てつどう》』で来《こ》られたんですね」

レオンはうなずく。

「シベリア鉄道《てつどう》!?」

僕《ぼく》は、雷《かみなり》に打《う》たれたようになった。

シベリア鉄道《てつどう》は、全長《ぜんちょう》九二九七キロのロシア国内《こくない》を東西《とうざい》に横断《おうだん》する世界一長《せかいいちなが》い鉄道《てつどう》だ。

ロシアの首都《しゅと》モスクワから、日本海沿岸《にほんかいえんがん》にある都市《とし》、ウラジオストクまで続《つづ》いている。

総距離《そうきょり》はおよそ一万《まん》キロ。

日本《にほん》のＪＲ《ジェイアール》の路線《ろせん》をすべてつなぐと、だいたい二万《まん》キロ。つまり、シベリア鉄道《てつどう》だけで日本全国《にほんぜんこく》の半分《はんぶん》の距離《きょり》があるんだ。

そのシベリア鉄道《てつどう》に乗《の》ってレオンのひいおじいさんは、約《やく》五十年前《ねんまえ》にヨーロッパから日《に》本《ほん》へやってきたという。

「当時《とうじ》、公子《こうし》だったひいおじいさまは『ロシア号《ごう》』で、約《やく》二週間《しゅうかん》かけて行《い》ったそうだよ」

「にっ、二週間《しゅうかん》も鉄道《てつどう》に乗《の》りっぱなし!?」

さすがの未来《みらい》も驚《おどろ》く。

「十四日間列車《じゅうよっかかんれっしゃ》の中《なか》!　いいなぁ〜」

僕《ぼく》はうっとりしてしまう。

「ひいおじいさまは、シベリア鉄道《てつどう》に乗《の》ってまで、なにをしに日本《にほん》へ来《き》たの？」

未来《みらい》の目《め》をレオンは見《み》つめた。

「日本《にほん》にいた親友《しんゆう》に『届《とど》けものがあった』と言《い》っていた」

「届《とど》けもの？」

レオンは、少《すこ》し真面目《まじめ》な顔《かお》でうなずく。

「三、四歳《さい》の頃《ころ》かなぁ。ひいおじいさまが話《はな》して聞《き》かせてくれたんだ。といっても……私《わたし》も幼《おさな》かったから記憶《きおく》としては、あいまいな部分《ぶぶん》も多《おお》いんだけどね」

「そうよね。私《わたし》だって幼稚園《ようちえん》の時《とき》のことは、うっすらとしか覚《おぼ》えてないもん」

「昔《むかし》、ひいおじいさまのところへ、日本人《にほんじん》の画家《がか》とオランダ人《じん》の作曲家《さっきょくか》がよく遊《あそ》びにきていて、三人《にん》はとても仲《なか》がよかったらしいんだ」

レオンに向《む》かって、未来《みらい》は微笑《ほほえ》む。

「オランダ、ルヒタンシュタイン、日本《にほん》が親友《しんゆう》なんてかっこいいね」

「だけど、第二次世界大戦《だいにじせかいたいせん》が始《はじ》まって、三人《にん》は会《あ》うことができなくなってしまったんだ」

「どうして？」

未来《みらい》が聞《き》くと、大樹《たいき》が口《くち》を開《ひら》く。

「ルヒタンシュタインは中立《ちゅうりつ》を宣言《せんげん》して第二次世界大戦《だいにじせかいたいせん》には参加《さんか》しませんでしたが、オランダと日本《にほん》は、敵同士《てきどうし》として戦《たたか》うことになったからですね」

「さすが大樹《たいき》、そのとおりだ。戦争《せんそう》が始《はじ》まってしまったことで、画家《がか》だった日本《にほん》の親友《しんゆう》はヨーロッパで困《こま》っていた。そこで、作曲家《さっきょくか》やひいおじいさまは帰国《きこく》できるように手助《てだす》けしてあげたというんだ。その別《わか》れ際《ぎわ》、三人《にん》は『お互《たが》いの国《くに》が戦争《せんそう》になったとしても、自分《じぶん》たちの友情《ゆうじょう》は変《か》わりない。戦争《せんそう》が終《お》わったらまた会《あ》おう』と誓《ちか》いあったらしい」

目《め》を大《おお》きく見開《みひら》いた未来《みらい》は、パチンと両手《りょうて》を胸《むね》の前《まえ》で合《あ》わせる。

「うわぁ～いい話《はなし》～。いくら戦争《せんそう》になっても親友《しんゆう》なんてっ！　それで！　それで！　三人《にん》は再会《さいかい》できたの？」

目《め》を輝《かがや》かせながら未来《みらい》がたずねる。

「……それが」

「それが!?」

一息《ひといき》おいてから、レオンはそっとつぶやいた。

「再会《さいかい》できたのは、ひいおじいさまと日本《にほん》の親友《しんゆう》だけだった……」


『えー―っ!?　どうして!?』


思《おも》いもしない展開《てんかい》に、僕《ぼく》らは黙《だま》りこんで、レオンの言葉《ことば》を待《ま》った。

「オランダの作曲家《さっきょくか》は、戦争《せんそう》が終《お》わってすぐに亡《な》くなってしまったんだ」

ゆっくり、真剣《しんけん》な顔《かお》でレオンが言《い》った。

「そんなぁ〜」

消《き》えそうな声《こえ》で未来《みらい》が肩《かた》を落《お》とす。

「戦争《せんそう》が終《お》わってからも生活《せいかつ》は大変《たいへん》だったらしいからね。でも、亡《な》くなる直前《ちょくぜん》に作曲家《さっきょくか》から、ひいおじいさまに荷物《にもつ》が送《おく》られてきたんだ」

「もしかして……それがひいおじいさんが日本《にほん》に持《も》ってきた届《とど》けもの？」

「ああ」

「作曲家《さっきょくか》さんが『日本《にほん》の親友《しんゆう》へ届《とど》けて』って頼《たの》んだのね」

「そういうこと。でもすぐには届《とど》けられなかった。ひいおじいさまは戦争《せんそう》が終《お》わってから約《やく》二十年《ねん》してようやく、公務《こうむ》を利用《りよう》して日本《にほん》の親友《しんゆう》に会《あ》いにきたんだ。……まぁ、古《ふる》い話《はなし》だし、私《わたし》の記憶《きおく》もあいまいな部分《ぶぶん》も多《おお》いんだが」

レオンはふっと肩《かた》を上下《じょうげ》させた。

「でも……でも……、レオンのひいおじいさんと日本《にほん》の親友《しんゆう》さんだけでも、この函館《はこだて》で会《あ》えてよかったね。作曲家《さっきょくか》さんが亡《な》くなってしまったのは悲《かな》しいことだけど……」

未来《みらい》は、目《め》をウルウルさせながら言《い》った。

「すまない、未来《みらい》。私《わたし》の話《はなし》で悲《かな》しませてしまって……」

未来《みらい》は首《くび》を左右《さゆう》にプルプルと振《ふ》って、目《め》に溜《た》まりかけていた涙《なみだ》を手《て》で払《はら》った。

「ううん、悲《かな》しいんじゃないの。ちょっと、感動《かんどう》しただけ……」

「未来《みらい》はやさしいね」とレオンは微笑《ほほえ》んでから続《つづ》ける。

「そういえば……日本《にほん》の親友《しんゆう》とひいおじいさまが再会《さいかい》した時《とき》の、不思議《ふしぎ》な話《はなし》があるんだ」

『不思議《ふしぎ》な話《はなし》？』

「それも鉄道《てつどう》が関係《かんけい》しているんだ」

もちろん、僕《ぼく》らがそんなことを言《い》われて聞《き》き流《なが》すわけがない。

「ほう。それはどんなことでしょうか」

大樹《たいき》はメガネのフレームに右手《みぎて》を当《あ》てた。

レオンは遠《とお》くを見《み》るような目《め》をして、話《はな》しはじめる。

「函館《はこだて》のとある教会《きょうかい》で、ひいおじいさまは日本《にほん》の親友《しんゆう》と再会《さいかい》して、作曲家《さっきょくか》から頼《たの》まれていた荷物《にもつ》を手渡《てわた》すことができたんだ。そして、次《つぎ》の日《ひ》、親友《しんゆう》に見送《みおく》られながら、函館《はこだて》から長万部《おしゃまんべ》行《いき》の普通列車《ふつうれっしゃ》に乗《の》って函館《はこだて》を出発《しゅっぱつ》した。だが、駅《えき》の待合室《まちあいしつ》に忘《わす》れ物《もの》をしてしまったんだ」

「忘《わす》れ物《もの》？　レオンのひいおじいさまって私《わたし》みたいね」

未来《みらい》は肩《かた》をすくめてくすっと笑《わら》った。

「未来《みらい》も、よく忘《わす》れ物《もの》をするの？」

「うん。まぁ」

ぺろっと舌《した》を出《だ》した未来《みらい》を見《み》て、レオンは微笑《ほほえ》んだ。

「それで忘《わす》れ物《もの》はなんだったの？」

僕《ぼく》がたずねると、レオンはすっと未来《みらい》の胸元《むなもと》を指《さ》した。

「それだよ」

「え？　カメラ？」

「ああ。カメラ本体《ほんたい》ぐらいは買《か》い直《なお》せばいいんだが、中《なか》には、日本《にほん》の親友《しんゆう》と函館《はこだて》で撮《と》ったフィルムが入《はい》ったままだったんだ」

「そんな大事《だいじ》なカメラを忘《わす》れちゃったなんて……」

「長《なが》い旅《たび》をして、疲《つか》れていたのかな」

「十四日間《じゅうよっかかん》の旅《たび》だもんね。じゃあ、ひいおじいさまは函館《はこだて》へ取《と》りに戻《もど》ったの？」

未来《みらい》がたずねた。レオンは、首《くび》を横《よこ》に振《ふ》る。

「カメラを忘《わす》れたことに気《き》がついた時《とき》には、すでに列車《れっしゃ》は函館《はこだて》を出発《しゅっぱつ》して三十分《さんじゅっぷん》以上《いじょう》たっていたんだ。それで、ひいおじいさまは『あきらめるしかない』と思《おも》ったらしい」

「えぇ～そうなの!?　そんなのケータイで……あっ」

レオンはニコリと笑《わら》う。

「当時《とうじ》はケータイがないからね。それにそのあとの公務《こうむ》もあって、戻《もど》っている時間《じかん》はなかったらしい」

「……それで？　その話《はなし》のどこが不思議《ふしぎ》なの？」

レオンはすっと右手《みぎて》の人差《ひとさ》し指《ゆび》を立《た》てた。

「不思議《ふしぎ》なのはここからだ」

『おっ、おう！』

僕《ぼく》らは前《まえ》のめりになって耳《みみ》を傾《かたむ》ける。

「列車《れっしゃ》が『mori《モリ》』って駅《えき》に停車《ていしゃ》した時《とき》だった。ホームには函館《はこだて》で自分《じぶん》の列車《れっしゃ》を見送《みおく》ってくれたはずの日本《にほん》の親友《しんゆう》が立《た》っていて、忘《わす》れたカメラを届《とど》けにきてくれていたんだ」

「えっ!? 函館《はこだて》で別《わか》れたはずの親友《しんゆう》さんが、ひいおじいさんの乗《の》った列車《れっしゃ》に追《お》いついたってこと!?」

「ねっ、とても不思議《ふしぎ》な話《はなし》だろ?」

未来《みらい》はすっごくびっくりしたけど、僕《ぼく》はその程度《ていど》じゃ驚《おどろ》かない。

だって、そんなことはT3《ティースリー》で何度《なんど》もやってきた。

きっと、ひいおじいさんが乗《の》っていたのは普通列車《ふつうれっしゃ》で、親友《しんゆう》は特急列車《とっきゅうれっしゃ》かなにかで追《お》いかけたに違《ちが》いない。

だが、レオンは僕《ぼく》の頭《あたま》の中《なか》を見透《みす》かしたように、こう続《つづ》けた。

「函館《はこだて》からmori《モリ》までは単線《たんせん》で、特急《とっきゅう》などに追《お》い抜《ぬ》かれるようなことはなかったのに、日《に》本《ほん》の親友《しんゆう》は先回《さきまわ》りしていたんだ」

「えー――っ!? 単線《たんせん》!?」

さすがに僕《ぼく》も驚《おどろ》きの声《こえ》をあげてしまった。

「そうさ、線路《せんろ》は一組《ひとくみ》しかない単線《たんせん》だったんだ」

単線《たんせん》は上下線《じょうげせん》がすれ違《ちが》うだけでも大変《たいへん》なのに。気《き》づかれずに追《お》い抜《ぬ》くことなんてできるわけない！

「うわぁ〜不思議《ふしぎ》な話《はなし》……」

未来《みらい》の目《め》が真《ま》ん丸《まる》になった。

「だろう？　私《わたし》は子供《こども》の頃《ころ》、この話《はなし》を聞《き》いて〝鉄道《てつどう》にはなんてすてきなファンタジーがあるんだろう〟と思《おも》ったよ」

レオンは車窓《しゃそう》から遠《とお》くを眺《なが》めながら言《い》った。

「本当《ほんとう》に不思議《ふしぎ》……」

「確《たし》かに……僕《ぼく》にもその謎《なぞ》は解《と》けないな」

首《くび》をひねりながら、僕《ぼく》はさっきから黙《だま》って

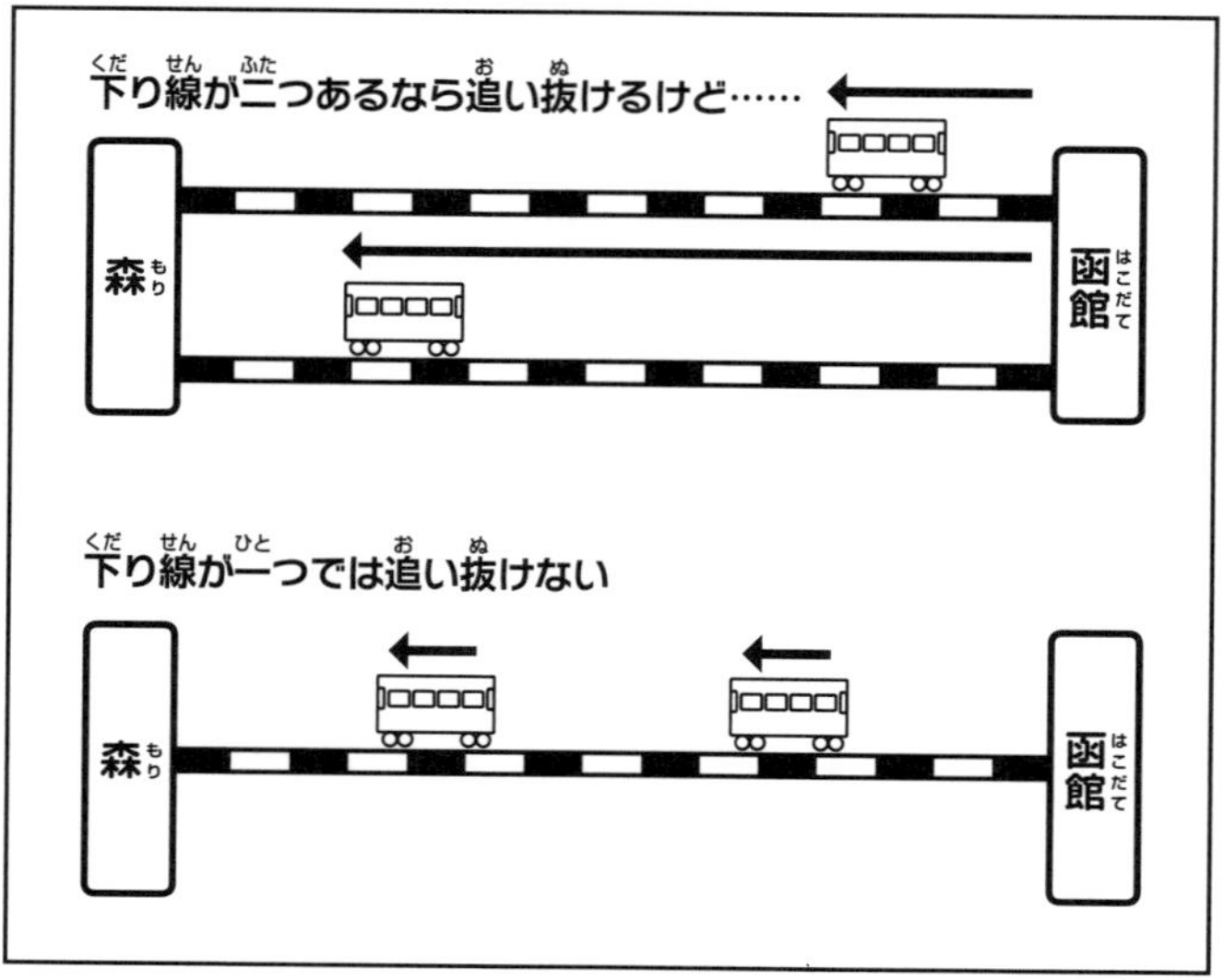

いる大樹《たいき》を見《み》た。

……なっ、なんだ？

大樹《たいき》は時刻表《じこくひょう》の地図《ちず》と函館本線《はこだてほんせん》の時刻表《じこくひょう》を何度《なんど》も見比《みくら》べながらブツブツ言《い》っている。

「なぁ、大樹《たいき》、これはすごく不思議《ふしぎ》な話《はなし》だよな」

「そうでもありませんよ」

大樹《たいき》はパタンと時刻表《じこくひょう》を閉《と》じて冷静《れいせい》な目《め》で僕《ぼく》らを見《み》た。


『えーーーっ!?』


「大樹君《たいきくん》、この謎《なぞ》が解《と》けたの!?」

身《み》を乗《の》り出《だ》した未来《みらい》に、大樹《たいき》はメガネの横《よこ》に手《て》を当《あ》てて微笑《ほほえ》む。

「今《いま》は当時《とうじ》の時刻表《じこくひょう》がありませんので、あくまでも推測《すいそく》ですが……」

「どっ、どういうことなんだ!?」

レオンも大樹《たいき》に詰《つ》めよる。

その時《とき》、列車《れっしゃ》は新函館北斗《しんはこだてほくと》へ進入《しんにゅう》。左側《ひだりがわ》には白《しろ》と黄色《きいろ》のホームドアが見《み》えはじめた。

新函館北斗《しんはこだてほくと》のホームは一階《いっかい》だった。

新幹線《しんかんせん》は高架《こうか》の上《うえ》を走《はし》るから駅《えき》も二階《かい》以上《いじょう》の部分《ぶぶん》にあることが多《おお》いんだけど、新函館北《しんはこだてほく》斗《と》では線路《せんろ》が地面《じめん》にしかれていて、改札口《かいさつぐち》などの駅施設《えきしせつ》は上《うえ》にある。

「レオン、今日《きょう》のこのあとの予定《よてい》は、特《とく》にありませんでしたよね？」

「えっ？　あぁ、特《とく》にスケジュールはない。夕食《ゆうしょく》を明日《あす》のイベント関係者《かんけいしゃ》ととるくらいだ」

ケータイで時刻《じこく》を確認《かくにん》した大樹《たいき》は、メガネの真《ま》ん中《なか》にすっと右《みぎ》の人差《ひとさ》し指《ゆび》と中指《なかゆび》をそろえた。

「だったら、五十年前《ねんまえ》にタイムトリップといきませんか？」

『タイムトリップ――!?』

そんな言葉《ことば》を聞《き》いたらみんな前《まえ》のめりになっちゃう。

「そうです。レオンのひいおじいさんのように、ここから函館本線《はこだてほんせん》に乗《の》って『森《もり》』へ行《い》くんです」

「今《いま》でも、森駅《もりえき》があるんだ！」

「ええ。それにちょうど、新函館北斗《しんはこだてほくと》を14時《じ》56分《ぷん》に出発《しゅっぱつ》する長万部《おしゃまんべ》行各駅停車《いきかくえきていしゃ》がありますから」

一人《ひとり》だけ正解《せいかい》を知《し》っている大樹《たいき》の顔《かお》は、いたずらっ子《こ》のような表情《ひょうじょう》。

その時《とき》、新幹線《しんかんせん》はすぅぅと停車《ていしゃ》した。

レオンはパシッと素早《すばや》く立《た》ち上《あ》がった。

「おもしろいね。では、タイムトリップと行《い》こうか。かまわんな、ブルクハルト」

「問題《もんだい》ございません、殿下《でんか》」

うっ、うわっ！

すぐそばにブルクハルトさんが立《た》っていた。

やっぱり相当《そうとう》びっくりしたけれど、今度《こんど》はなんとか驚《おどろ》きの声《こえ》を口《くち》に出《だ》さずにすんだ。

「よしっ、では行《い》こう！　時間旅行《じかんりょこう》の旅《たび》へ！」

レオンは通路《つうろ》からデッキへ向《む》かって、さっそうと歩《ある》きだす。

「ちょ、ちょっと待《ま》ってよぉ」

僕《ぼく》と未来《みらい》はバタバタと自分《じぶん》のバッグを背負《せお》いながらレオンを追《お》いかけた。

大樹《たいき》は最後《さいご》まで残《のこ》っていて、席《せき》の忘《わす》れものをチェックしてからゆっくりと歩《ある》きだした。

レオンが一番先《いちばんさき》に12番線《ばんせん》ホームに降《お》り立《た》ち、屋根《やね》を見上《みあ》げる。向《む》こう側《がわ》のホームにも新《しん》幹線《かんせん》が停車《ていしゃ》していた。

「ここが一番北《いちばんきた》にある新幹線《しんかんせん》の駅《えき》か！　ついに新幹線《しんかんせん》で北海道《ほっかいどう》まで来《こ》られるようになったんだ!!」

僕《ぼく》は感動《かんどう》をかみしめた。

新幹線最北端《しんかんせんさいほくたん》の駅《えき》！　新函館北斗《しんはこだてほくと》。到着《とうちゃく》は14時《じ》37分《ふん》。

ちなみに駅名《えきめい》に「北斗《ほくと》」がついているのは、ここが函館市《はこだてし》ではなく北斗市《ほくとし》だから。

函館《はこだて》はここから『はこだてライナー』で南《みなみ》へ十五分《ふん》ほど行《い》った場所《ばしょ》なんだ。

新函館北斗《しんはこだてほくと》は、豪雪《ごうせつ》にも耐《た》えられる太《ふと》い鉄骨《てっこつ》によって支《ささ》えられた白《しろ》い屋根《やね》を持《も》つ、いかにも頑丈《がんじょう》そうな駅《えき》。

駅《えき》がスッポリと屋根《やね》におおわれているので、冬《ふゆ》でも駅構内《えきこうない》には雪《ゆき》は入《はい》ってこないだろう。

線路《せんろ》は少《すこ》し先《さき》でとりあえず行《い》き止《ど》まりとなっていたけれど、コンクリートで造《つく》られた路《ろ》盤《ばん》は、さらに北《きた》を目指《めざ》して延《の》びていこうとしている。

未来《みらい》が駆《か》けよってきて、線路《せんろ》を見《み》つめた。

「北海道新幹線《ほっかいどうしんかんせん》は、こうやってまだまだ延《の》びていくんだね」

札幌方面《さっぽろほうめん》へと続《つづ》く線路《せんろ》に向《む》けて未来《みらい》はシャッターを切《き》った。

その後《うし》ろから大樹《たいき》が姿《すがた》を現《あらわ》した。

「北海道新幹線《ほっかいどうしんかんせん》は新八雲《しんやくも》、長万部《おしゃまんべ》、倶知安《くっちゃん》、新小樽《しんおたる》を通《とお》って札幌《さっぽろ》まで延《の》びる予定《よてい》です」

「ほぉ、新幹線《しんかんせん》はさらに進《すす》んでいくのか」

レオンは目《め》を細《ほそ》めて線路《せんろ》の先《さき》を見《み》つめる。

「札幌《さっぽろ》までの開業予定《かいぎょうよてい》は２０３０年《ねん》ごろです」

「え――――っ!?　そんなに先《さき》なのかい？」

「十四年《じゅうよねん》なんてあっという間《ま》ですよ」

大樹《たいき》は歩《ある》きだし、右手《みぎて》を振《ふ》ってみんなを呼《よ》ぶ。

新幹線《しんかんせん》ホームからエスカレーターに乗《の》って二階《かい》のコンコースへ出《で》る。

きっと、冬《ふゆ》は寒《さむ》いんだろうなぁ。

冬《ふゆ》になったらたくさん雪《ゆき》が降《ふ》る場所《ばしょ》だから、エスカレーターの入《い》り口《ぐち》にも自動《じどう》ドアがある。そしてコンコースのベンチの上《うえ》には、巨大《きょだい》な銀色《ぎんいろ》のヒーターが備《そな》えられていた。

自動改札機《じどうかいさつき》が三《みっ》つしかない、小《ちい》さな新幹線改札口《しんかんせんかいさつぐち》を通《とお》り抜《ぬ》ける。

すると目《め》の前《まえ》に広《ひろ》がっているのは、左右《さゆう》に貫《つらぬ》かれたコンコース。

幅《はば》が広《ひろ》くて、壁《かべ》には青《あお》や赤《あか》や緑《みどり》の光《ひかり》のオブジェが輝《かがや》いていた。

しかも改札《かいさつ》の反対側《はんたいがわ》はガラス張《ば》りになっていて、ホームに停《と》まっている新幹線《しんかんせん》を見下《みお》ろせるんだ。

だから、新幹線《しんかんせん》を見《み》に来《き》た人《ひと》たちで、にぎわっていた。

僕《ぼく》らはクルンとU《ユー》ターンして、一台《だい》しかない自動券売機《じどうけんばいき》の前《まえ》へ立《た》つ。

自動券売機《じどうけんばいき》の横《よこ》にある運賃表《うんちんひょう》で確認《かくにん》すると、森《もり》までは小人片道《こどもかたみち》三二〇円《えん》。

乗車券《じょうしゃけん》を買《か》い、すぐ横《よこ》にある在来線《ざいらいせん》の改札口《かいさつぐち》を通《とお》ろうとした時《とき》、大樹《たいき》は一人《ひとり》立《た》ち止《ど》まった。

「じゃあ、僕《ぼく》はここで」

「えっ、大樹君《たいきくん》は一緒《いっしょ》に行《い》かないの!?」

未来《みらい》が心細《こころぼそ》そうな声《こえ》を出《だ》す。

「行《い》きますよ。みなさんよりも速《はや》く、森《もり》へねっ」

メガネのフレームに右手《みぎて》をそえて微笑《ほほえ》んだ大樹《たいき》を、僕《ぼく》は見《み》つめた。

「まさか！　あの鉄道《てつどう》トリックが今《いま》でも使《つか》えるのか!?」

「五十年前《ねんまえ》とは多少違《たしょうちが》うと思《おも》うけど……日本《にほん》の親友《しんゆう》さんが使《つか》った鉄道《てつどう》トリックを解明《かいめい》してみせるよ」

大樹《たいき》はきっぱりと言《い》いきる。

おもしろいっ！　おもしろすぎる。

さすが、大樹《たいき》だ！

大樹《たいき》は函館本線《はこだてほんせん》で森駅《もりえき》を目指《めざ》す僕《ぼく》たちに、なんらかの方法《ほうほう》で追《お》いついてみせると自信《じしん》たっぷりなのだ。

僕《ぼく》は手《て》を高《たか》く挙《あ》げて、大樹《たいき》とパチンとハイタッチした。

「よし、大樹《たいき》、森《もり》で会《あ》おう」

「じゃあまたあとで……」

「大樹君《たいきくん》、気《き》をつけてね」

「大丈夫《だいじょうぶ》ですよ。未来《みらい》さん」

「でも、ほんとに大丈夫《だいじょうぶ》なの？」

「早《はや》く行《い》かないと、14時《じ》56分《ぷん》の普通列車《ふつうれっしゃ》が来《き》てしまいますよ」

「じゃあな、大樹《たいき》！」

右手《みぎて》を上《あ》げたまま僕《ぼく》らを見送《みおく》る大樹《たいき》をあとにして、自動改札《じどうかいさつ》に足《あし》を踏《ふ》み入《い》れた。

ガシャンと大《おお》きな音《おと》がして、緑《みどり》の扉《とびら》が前《まえ》へと開《ひら》いた。

「五十年前《ねんまえ》の鉄道《てつどう》トリックを僕《ぼく》に見《み》せてくれるなんて……本当《ほんとう》にT3《ティースリー》はすごいな」

レオンは感心《かんしん》したように頭《あたま》を振《ふ》った。

僕《ぼく》らは大樹《たいき》に手《て》を振《ふ》りながら2番線《ばんせん》へ続《つづ》くエスカレーターを降《お》りる。

ピイイイイイイイイ！

真新《まあたら》しいホームへ出《で》ると、ディーゼルカー独特《どくとく》の抜《ぬ》けるような警笛《けいてき》が聞《き》こえた。

7 函館本線《はこだてほんせん》の秘密《ひみつ》

函館方面《はこだてほうめん》から、白《しろ》い車体《しゃたい》の真《ま》ん中《なか》に、黄緑《きみどり》と細《ほそ》い青《あお》のラインが入《はい》った車両《しゃりょう》が二両編成《りょうへんせい》でやってくるのが見《み》えた。

「あっ、いいタイミング！　ちょうど電車《でんしゃ》が来《く》るところ！」

デジカメを向《む》ける未来《みらい》に、僕《ぼく》は一応言《いちおうい》っておく。

「未来《みらい》、あれは『電車《でんしゃ》』じゃなくて、『気動車《きどうしゃ》』だよ」

僕《ぼく》は屋根《やね》からゴホホと上《あ》がる黒《くろ》い煙《けむり》を指差《ゆびさ》した。

「あれ……、上《うえ》に架線《かせん》があったから電車《でんしゃ》かと思《おも》っちゃった」

「函館本線《はこだてほんせん》は今回《こんかい》の北海道新幹線《ほっかいどうしんかんせん》の開業《かいぎょう》に合《あ》わせて、函館《はこだて》～新函館北斗間《しんはこだてほくとかん》だけは電化《でんか》、つまり架線《かせん》を設置《せっち》して電車《でんしゃ》を走《はし》れるようにしたからね。でも、新函館北斗《しんはこだてほくと》より向《む》こうに行《い》くには気動車《きどうしゃ》が必要《ひつよう》なんだ」

ガラガラガラ……。

まるでバスのようなエンジン音《おん》をさせながら、気動車《きどうしゃ》が目《め》の前《まえ》に停車《ていしゃ》する。

車体側面《しゃたいそくめん》には、サボと呼《よ》ばれる鉄製《てっせい》の行先表示板《いきさきひょうじばん》があり、「長万部《おしゃまんべ》↑↓函館《はこだて》」と書《か》かれていた。

この気動車《きどうしゃ》はキハ40系《けい》。

四十年《ねん》くらい昔《むかし》に製造《せいぞう》された車両《しゃりょう》だけど、とっても丈夫《じょうぶ》でたくさん造《つく》られたから、非電化区間《ひでんかくかん》の多《おお》い北海道《ほっかいどう》では、まだまだ現役《げんえき》で大活躍中《だいかつやくちゅう》なんだ。

レオンは目《め》を丸《まる》くしながら二両編成《りょうへんせい》の前側《まえがわ》の車両《しゃりょう》へ入《はい》っていく。

車内《しゃない》には、通路《つうろ》を挟《はさ》んで二人《ふたり》ずつが向《む》かいあうボックスシートが左右《さゆう》に並《なら》ぶ。

「最新鋭《さいしんえい》のH《エイチ》5系新幹線《けいしんかんせん》から、突然《とつぜん》、こんなレトロな車両《しゃりょう》に乗《の》り換《か》えなんて……」

「この車両自体《しゃりょうじたい》がタイムマシンだよね」

「なるほど、そう思《おも》うとちょっとドキドキするな」

「レオンのひいおじいさんが乗《の》ったのは、このキハ40系《けい》の前《まえ》の気動車《きどうしゃ》で、キハ20系《けい》とか、キハ10系《けい》だろうけど、車内《しゃない》の雰囲気《ふんいき》はあまり変《か》わらないはずだよ」

僕《ぼく》はローカル線《せん》で乗《の》った車両《しゃりょう》を思《おも》い出《だ》しながら言《い》う。

「そうか、日本《にほん》へ初《はじ》めて来《き》たひいおじいさまは、こんなシートに座《すわ》って旅《たび》をしたのか……」

レオンは、モケットと呼《よ》ばれる青《あお》い生地《きじ》で作《つく》られたシートにやさしく触《ふ》れる。

二両編成《りょうへんせい》ではさすがのブルクハルトさんたちも姿《すがた》を隠《かく》すことができないらしく、後方車《こうほうしゃ》両《りょう》のボックス席《せき》に、黒《くろ》ずくめの格好《かっこう》をした人《ひと》が四人集《よにんあつ》まっているのが見《み》えた。

やっぱりあの四人《よにん》は、どう見《み》ても……変《へん》な感《かん》じ。

僕《ぼく》らは運転台《うんてんだい》に一番近《いちばんちか》い左側《ひだりがわ》の、四人《よにん》が向《む》かい合《あ》わせに座《すわ》れるボックス席《せき》に座《すわ》る。

進行方向窓際《しんこうほうこうまどぎわ》を未来《みらい》にゆずって、その前《まえ》にはレオンが座《すわ》ったので僕《ぼく》は未来《みらい》の横《よこ》。

すぐに列車《れっしゃ》はドドド……っと音《おと》を立《た》てながら走《はし》りだした。

「なんだいこれは？」

レオンは足元《あしもと》の窓際《まどぎわ》ぞいにズラリと設置《せっち》されている、金属製《きんぞくせい》のボックスの上《うえ》にカンと足《あし》を置《お》いた。

「それは暖房《だんぼう》だよ」

「暖房《だんぼう》？」

「昔《むかし》の車両《しゃりょう》の暖房器具《だんぼうきぐ》は、デーンと窓際《まどぎわ》にあるんだよね。特《とく》に北海道《ほっかいどう》の冬《ふゆ》は寒《さむ》いから、気《き》合《あ》いが入《はい》っている！　ちょっと邪魔《じゃま》だし、足《あし》を乗《の》せると行儀《ぎょうぎ》悪《わる》く見《み》えちゃうんだけどね」

「暖房《だんぼう》だったか……っていうか、この列車暑《れっしゃあつ》くないか!?」

一番《いちばん》ちゃんとした服《ふく》を着《き》ていたレオンは、シャツの首元《くびもと》のボタンを外《はず》した。

「あ～北海道《ほっかいどう》のディーゼルカーだからねぇ～」

「ちょっと待《ま》って」

未来《みらい》は、すっと立《た》ち上《あ》がって壁際《かべぎわ》にあった赤《あか》いボタンをポツンと押《お》した。

すぐに、通路《つうろ》の天井《てんじょう》に下向《したむ》きに設置《せっち》されていたグレーの扇風機《せんぷうき》が、クルクルと静《しず》かに回《かい》転《てん》しはじめる。

風《かぜ》を受《う》けてレオンの金髪《きんぱつ》がサラサラとなびく。

「列車《れっしゃ》で扇風機《せんぷうき》か。まるでヨーロッパの古《ふる》い列車《れっしゃ》のようだな」

「北海道《ほっかいどう》は涼《すず》しくて冷房《れいぼう》をあまり使《つか》わないから、ローカル線《せん》の普通車《ふつうしゃ》ではこういった車両《しゃりょう》が多《おお》いんだよ。きっと、レオンのひいおじいさんも扇風機《せんぷうき》の風《かぜ》を受《う》けながら乗《の》っていたんだろうね」

「……これもまた、思《おも》い出《で》の風《かぜ》ということかもしれないな」

キハ40は線路《せんろ》の上《うえ》をトコトコ走《はし》っていく。

車内《しゃない》には、関東《かんとう》ではあまり聞《き》こえない、車輪《しゃりん》がレールとレールの間《あいだ》のつなぎ目《め》を通《とお》るガタンゴトンという音《おと》がよく響《ひび》く。

走《はし》るスピードもゆっくりだ。さっきまで新幹線《しんかんせん》に乗《の》ってたから余計《よけい》にそう感《かん》じる。

「歩《ある》いているような速度《そくど》だな」

と、レオンが大《おお》げさに言《い》うのも確《たし》かにわかる。

進《すす》んでいくと線路《せんろ》の周囲《しゅうい》に民家《みんか》はなくなり、気動車《きどうしゃ》は青々《あおあお》とした熊笹《くまざさ》が左右《さゆう》に迫《せま》る原野《げんや》に入《はい》っていった。

そして、仁山《にやま》を過《す》ぎると、突然左側《とつぜんひだりがわ》の車窓《しゃそう》に大《おお》きな湖面《こめん》が広《ひろ》がった。

水面《みなも》の向《む》こうには、とがった山頂《さんちょう》と広《ひろ》い裾野《すその》を持《も》つ山《やま》が見《み》える。

湖《みずうみ》と山《やま》のコントラストがきれいで、絶景《ぜっけい》ポイント！

「うわぁ〜すごいっ！」

未来《みらい》は、さっとデジカメを構《かま》える。

「ここは大沼公園《おおぬまこうえん》だよ。今日《きょう》は北海道駒ヶ岳《ほっかいどうこまがたけ》がきれいに見《み》えているね」

けれどレンズを窓《まど》へ向《む》けた未来《みらい》は、すぐに困《こま》った顔《かお》をする。

「あぁ〜窓《まど》の汚《よご》れが写《うつ》りこんじゃう〜」

すかさず、レオンはハンカチを取《と》り出《だ》し、窓《まど》の汚《よご》れをすっとこすった。だが、汚《よご》れは取《と》れない。外側《そとがわ》のガラスが汚《よご》れているからだ。

僕《ぼく》は立《た》ち上《あ》がり、窓《まど》のロックに手《て》をかけた。

「窓《まど》を開《あ》けちゃおうよ」

北海道《ほっかいどう》の車両《しゃりょう》の窓《まど》は、防寒対策《ぼうかんたいさく》で二重《じゅう》になっていることが多《おお》い。

だから、まずロックをはずして一枚目《まいめ》のガラス扉《とびら》をドンと持《も》ち上《あ》げる。

続《つづ》いて、窓下部《まどかぶ》の左右《さゆう》にある、くの字形《じがた》の部分《ぶぶん》を指《ゆび》ではさんでつかみ、両手《りょうて》に「ううぅ」と力《ちから》を入《い》れて一気《いっき》に引《ひ》き上《あ》げた。

窓《まど》ガラスがガバッと開《あ》き、北海道《ほっかいどう》の新鮮《しんせん》な空気《くうき》が中《なか》へと入《はい》ってくる。

ゴォオオオオオ……。

風《かぜ》は、みんなの髪《かみ》をバタバタと大《おお》きく揺《ゆ》らした。

「これで曇《くも》りはナシねっ！」

未来《みらい》は笑顔《えがお》でデジカメを構《かま》え、窓《まど》からレンズをはみ出《だ》さないようにしながら、シャッターを切《き》った。

何枚《なんまい》か撮《と》ってから、気合《きあ》いを入《い》れるように未来《みらい》が言《い》う。

「よぉ――――し！　ここは、この子《こ》の出番《でばん》ね――っ!!」

未来《みらい》はデジカメをしまって、バッグから例《れい》の古《ふる》いカメラを取《と》り出《だ》した。

そして、上部《じょうぶ》にある円筒形《えんとうけい》のダイヤルをクルッと回《まわ》し、カメラを両手《りょうて》で持《も》って脇《わき》をしめ、じっくりとねらってからカシャと撮影《さつえい》した。未来《みらい》はまたダイヤルを回《まわ》す。

「未来《みらい》、なにゴソゴソやってんの――？」

窓《まど》を開《あ》けているから風《かぜ》がうるさいほど入《はい》りこむ。思《おも》わず僕《ぼく》は大声《おおごえ》になる。

「このカメラは――、こうやってフィルムを巻《ま》かなきゃダメなの――!!」

「そうなんだ――!!　なんか大変《たいへん》だね――!!」

「そういうところも含《ふく》めて、私《わたし》はこのカメラが好《す》きなの――っ!!」

話《はな》すだけなのに二人《ふたり》とも叫《さけ》びあっていて、なんだか変《へん》な感《かん》じ。

フィルムカメラを構えた未来《みらい》は、ものすごく真剣《しんけん》な表情《ひょうじょう》。

立《た》ち上《あ》がって足《あし》をふんばったり、壁《かべ》に手《て》を当《あ》てたり、いろいろな角度《かくど》から一所懸命《いっしょけんめい》にカメラに向《む》かい続《つづ》ける未来《みらい》は、やっぱりちょっとかっこよかった。

大沼公園《おおぬまこうえん》の湖面《こめん》と北海道駒ヶ岳《ほっかいどうこまがたけ》の雄姿《ゆうし》は、大沼駅《おおぬまえき》、池田園駅《いけだえんえき》辺《あた》りまで。

流山温泉駅《ながれやまおんせんえき》を過《す》ぎると、右《みぎ》の車窓《しゃそう》には緑《みどり》の美《うつく》しい大《おお》きな山《やま》が見《み》えはじめる。

未来《みらい》が撮影《さつえい》に盛《も》りあがっている中《なか》、僕《ぼく》は周囲《しゅうい》の状況《じょうきょう》をチェックし続《つづ》けていた。

出発《しゅっぱつ》してから今《いま》まで、列車《れっしゃ》に追《お》い抜《ぬ》かれてはいない。

単線《たんせん》だから、あたりまえなんだけど。

でも、大樹《たいき》が「森駅《もりえき》までに追《お》い抜《ぬ》く」と言《い》っているんだから、なにかがあるはず。

一応《いちおう》、駅《えき》に停車《ていしゃ》するたびに、後《うし》ろから列車《れっしゃ》が来《き》ていないか、どこか駅《えき》を迂回《うかい》するような線路《せんろ》が通《とお》っていないか、見逃《みのが》さないようにチェックしていたけれど、特《とく》にこれといったものはなかった。

でも、なぜかちょっとした違和感《いわかん》があった。そしてそれはどんどん強《つよ》くなっていく。

前《まえ》に『北斗星《ほくとせい》』で北海道《ほっかいどう》に来《き》た時《とき》、函館《はこだて》を出《で》てからこんな場所《ばしょ》を通《とお》ったっけ？

すべての車窓《しゃそう》を記憶《きおく》しているわけじゃないけど……。

まるで初《はじ》めて見《み》たような、そんな気《き》がするんだ。

銚子口《ちょうしぐち》を出発《しゅっぱつ》する頃《ころ》に、やっと未来《みらい》は「ふぅ」と息《いき》をついてシートにドサッと座《すわ》った。

「どう？　いい写真撮《しゃしんと》れた？」

うっすら額《ひたい》に汗《あせ》を浮《う》かべた未来《みらい》に、レオンはハンカチを差《さ》し出《だ》す。

「ありがとう。それがね～」

ハンカチを受《う》け取《と》って額《ひたい》に当《あ》ててから、未来《みらい》はフィルムカメラの上面《じょうめん》に付《つ》いていたスイッチを「R《アール》」と書《か》かれたほうへ動《うご》かした。そしてさっきとは反対側《はんたいがわ》にある円筒形《えんとうけい》のダイヤルをクルクルと回《まわ》しはじめる。

「現像《げんぞう》してからじゃないと、ちゃんと撮《と》れているかどうかわからないのよねぇ～」

未来《みらい》はレオンに向《む》かってニカッと笑《わら》う。

「フィルムカメラとはまた、クラシックな趣味《しゅみ》だね」

「えへへ……」

フィルムを巻《ま》き終《お》えた未来《みらい》は、カメラの底板《そこいた》をはずして、中《なか》からフィルムを取《と》り出《だ》した。

そして、そのフィルムを大事《だいじ》そうにケースにしまい、新《あたら》しいフィルムをバッグから取《と》り出《だ》してカメラの中《なか》へとセットしはじめる。

右《みぎ》の車窓《しゃそう》から、チラチラと青《あお》いものが見《み》えはじめたのはその時《とき》だ。

「うわぁ――――!!　この路線《ろせん》って海《うみ》の側《そば》も走《はし》っているのぉ!?」

未来《みらい》はダッシュでシートから立《た》ち上《あ》がると、前方《ぜんぽう》のロングシートへ向《む》かって走《はし》り、右側《みぎがわ》の窓《まど》を開《ひら》いて、青《あお》く広《ひろ》がる海《うみ》に再《ふたた》びカメラを向《む》けた。

「あれ？　内浦湾《うちうらわん》……だよな。こんなに早《はや》く海《うみ》が見《み》えるんだっけ？」

やっぱり、なにかが違《ちが》う気《き》がする。

「どうかしたのか？」

外《そと》を眺《なが》めていた僕《ぼく》の表情《ひょうじょう》が変《か》わったのがわかったのか、レオンが真顔《まがお》でたずねた。

「函館本線《はこだてほんせん》は内浦湾《うちうらわん》に沿《そ》って走《はし》るんだけど、前《まえ》に来《き》た時《とき》は森駅《もりえき》を過《す》ぎてから、海《うみ》が見《み》えたような気《き》がしたんだ……」

レオンはニヤリと笑《わら》う。

「雄太《ゆうた》は車窓《しゃそう》の風景《ふうけい》をすべて覚《おぼ》えているのかい？」

「いやいや、それはムリだけど」

僕《ぼく》は首《くび》を横《よこ》に振《ふ》って思《おも》いきり否定《ひてい》した。

「だったら勘違《かんちが》いじゃないか？　海沿《うみぞ》いの線路《せんろ》なんてよくあるからな」

僕《ぼく》はこの路線《ろせん》をT3《ティースリー》のみんなとも、家族旅行《かぞくりょこう》でも何度《なんど》か通《とお》ってる。だから細《こま》かくは覚《おぼ》えてなくても、全体《ぜんたい》の感覚《かんかく》っていうのがあるんだけど……。

「うーん、やっぱり勘違《かんちが》いかなぁ……」

その時《とき》、未来《みらい》の大《おお》きな声《こえ》が聞《き》こえた。

「雄太《ゆうた》、レオン――!! すごいよっ、すごい！ 右《みぎ》には海《うみ》、左《ひだり》には山《やま》だよっ！」

未来《みらい》の言《い》うとおり、右《みぎ》には真《ま》っ青《さお》な内浦湾《うちうらわん》、左《ひだり》には間近《まぢか》に迫《せま》った北海道駒ヶ岳《ほっかいどうこまがたけ》がバーンと見《み》えていた。

「すごいっ！」

「ビューティフル！」

僕《ぼく》とレオンは、ロングシートから撮影《さつえい》している未来《みらい》に駆《か》けよった。

「素晴《すば》らしいロケーションの中《なか》を線路《せんろ》が通《とお》っているんだね……日本《にほん》の鉄道《てつどう》は」

レオンが景色《けしき》を見《み》まわしながら、うっとりとつぶやく。

「日本《にほん》の鉄道《てつどう》は車窓《しゃそう》がいいって言《い》われているよね」

僕《ぼく》はレオンにうなずいた。

同時《どうじ》に、やっぱりなにかが違《ちが》う、と思《おも》った。

だってこの素晴《すば》らしい風景《ふうけい》を、僕《ぼく》は初《はじ》めて見《み》たような気《き》がしたのだ。

一度《いちど》見《み》たら、絶対《ぜったい》に忘《わす》れないようなこの風景《ふうけい》を僕《ぼく》は忘《わす》れたのか？ 見《み》ていなかったのか？

胸《むね》がモヤモヤしてならない。

違和感《いわかん》がさらに大《おお》きくなっていく。

ピィイイイイイイイイ！

海岸沿《かいがんぞ》いの線路《せんろ》を駆《か》けぬけながら、キハ４０は、何度《なんど》も警笛《けいてき》を鳴《な》らしながら走《はし》る。

夏《なつ》の日差《ひざ》しを受《う》けてキラキラと輝《かがや》く内浦湾《うちうらわん》に、その警笛《けいてき》が響《ひび》きわたる。

空《そら》とつながってしまいそうなほどの青《あお》い海《うみ》の上《うえ》を、白《しろ》い鳥《とり》が気持《きも》ちよさそうにすーっと飛《と》んでいた。

掛澗《かかりま》では下《くだ》り貨物列車《かもつれっしゃ》とすれ違《ちが》った。

先頭車《せんとうしゃ》は、側面《そくめん》に『RED《レッド》 BEAR《ベア》』と書《か》かれた、真《ま》っ赤《か》なＤＦ《ディーエフ》２００形《がた》ディーゼル機関車《きかんしゃ》だ。

こうして下《くだ》り列車《れっしゃ》とはすれ違《ちが》っても、上《のぼ》り列車《れっしゃ》に追《お》い抜《ぬ》かれることはない。

そのまま気動車《きどうしゃ》は海沿《うみぞ》いをゆっくり右《みぎ》へカーブして進《すす》み、目標《もくひょう》の森駅《もりえき》へと到着《とうちゃく》した。

五十年前《ねんまえ》、レオンのひいおじいさんは、日本《にほん》の親友《しんゆう》から忘《わす》れ物《もの》を受《う》け取《と》り、そのまま長万部《おしゃまんべ》に向《む》かったというけれど、僕《ぼく》らは函館《はこだて》へ戻《もど》らなくちゃいけないからここで下車《げしゃ》する。

森《もり》は、線路《せんろ》の両側《りょうがわ》にホームのある対向式《たいこうしき》で、函館方向《はこだてほうこう》から来《く》る列車《れっしゃ》は２番線《ばんせん》に停車《ていしゃ》する。

運転手《うんてんしゅ》さんのすぐ後《うし》ろにあった扉《とびら》が開《ひら》いたので、ホームに三人《にん》で降《お》り立《た》った。

後方車両《こうほうしゃりょう》からは、黒《くろ》ずくめの四人《よにん》が降《お》りたのが見《み》えた。

時刻《じこく》は16時《じ》1分《ぷん》。新函館北斗《しんはこだてほくと》を14時《じ》56分《ぷん》に出発《しゅっぱつ》して、約《やく》一時間《じかん》が過《す》ぎていた。

「森《もり》って名前《なまえ》の駅《えき》なのに、すぐ側《そば》まで海《うみ》が来《き》てるよ、雄太《ゆうた》」

未来《みらい》はクイクイと指差《ゆびさ》した。

森駅《もりえき》の北側《きたがわ》には、すぐ近《ちか》くまで海《うみ》が迫《せま》っている。

海《うみ》の中《なか》には、電信柱《でんしんばしら》のような高《たか》い柱《はしら》が立《た》つ塔《とう》のようなものが建《た》っているのが見《み》えた。

「ほんとだね。きっと昔《むかし》は、ここらへんも深《ふか》い森《もり》の中《なか》だったんじゃないかな？」

そういう地名《ちめい》は他《ほか》にもある。

駅《えき》ができたことで町《まち》が作《つく》られ、森《もり》が消《き》えたりするんだろうね。

ホームには、紺《こん》の作業服《さぎょうふく》を着《き》る作業員《さぎょういん》さんがいて、二両編成《りょうへんせい》の切《き》り離《はな》し作業《さぎょう》を始《はじ》めた。

僕《ぼく》らが乗《の》ってきた前《まえ》の車両《しゃりょう》はこのまま長万部《おしゃまんべ》へ向《む》かい、後《うし》ろの車両《しゃりょう》は函館《はこだて》へ戻《もど》るらしい。

ホームに立《た》ったレオンは辺《あた》りを見《み》まわして、フンッと胸《むね》を張《は》る。

「大樹《たいき》はどこだ？　いないじゃないか」

未来《みらい》も2番線《ばんせん》と3番線《ばんせん》のホームを見《み》まわすが、僕《ぼく》らと例《れい》の四人《よにん》以外《いがい》には誰《だれ》もいない。
「あれ～本当《ほんとう》だね」
しかし僕《ぼく》には、大樹《たいき》がいないなんて、考《かんが》えられなかった。
あれだけ、自信《じしん》たっぷりに追《お》いつくと言《い》っていたのだ。
切《き》り離《はな》し作業《さぎょう》の終《お》わったキハ40の扉《とびら》が閉《し》まり、ドドドッと走《はし》りだす。
やっぱり、単線《たんせん》の列車《れっしゃ》を追《お》い抜《ぬ》くなんて無理《むり》だったのだろうか。
だんだん僕《ぼく》は不安《ふあん》になってきた。
キハ40を見送《みおく》り、僕《ぼく》らは跨線橋《こせんきょう》を上《のぼ》って改札口《かいさつぐち》へと向《む》かった。
跨線橋《こせんきょう》は高《たか》く、まるで展望台《てんぼうだい》のようで、海《うみ》も北海道駒ヶ岳《ほっかいどうこまがたけ》もきれいに見《み》えた。
もちろん、未来《みらい》はここでもカチャリとシャッターを切《き》るのを忘《わす》れない。
跨線橋《こせんきょう》を下《お》りると、1番線《ばんせん》へ出《で》る。
1番線《ばんせん》には一階建《いっかいだ》ての小《ちい》さな駅舎《えきしゃ》が併設《へいせつ》してあり、駅員《えきいん》さんのいる窓口《まどぐち》が見《み》えた。
窓口《まどぐち》の駅員《えきいん》さんにきっぷを渡《わた》し、改札口《かいさつぐち》を通《とお》り抜《ぬ》けた瞬間《しゅんかん》、レオンが叫《さけ》んだ。

「たっ、大樹《たいき》――!?」


　そこに大樹《たいき》がいた。

　改札口《かいさつぐち》の外《そと》にある待合室《まちあいしつ》のベンチに座《すわ》って、森駅名物駅弁《もりえきめいぶつえきべん》の『いかめし』の最後《さいご》の一切《ひとき》れを口《くち》に放《ほう》りこんでいた。

「本物《ほんもの》の大樹《たいき》だよ……ね」

　未来《みらい》が呆然《ぼうぜん》とつぶやく。

　大樹《たいき》は、余裕《よゆう》たっぷり、ハンカチで手《て》と口元《くちもと》を拭《ふ》き、いかめしのオレンジ色《いろ》の包《つつ》み紙《がみ》を片《かた》づけ、笑顔《えがお》を見《み》せる。

「あぁ、やっと来《き》ましたね。時間《じかん》があったので、いかめしを食《た》べて待《ま》っていました。いや、美味《おい》しかったな……」

　さすが、大樹《たいき》！　僕《ぼく》らのあとに、新函館北斗《しんはこだてほくと》を出《で》たのに、先《さき》に森《もり》に着《つ》いたうえ、いかめしを食《た》べる時間《じかん》まであったなんて!!

　レオンがカツカツカツと靴音《くつおと》をたてて大樹《たいき》に近《ちか》づく。

「どっ、どうやって時間《じかん》を飛《と》び越《こ》えたんだ!?」

「いくら僕《ぼく》でも時間《じかん》までは飛《と》び越《こ》えられませんよ」

「じゃ、じゃあ、どうやってここに!?」

僕《ぼく》と未来《みらい》も大樹《たいき》に駆《か》けよる。

「早《はや》く教《おし》えてくれよ、そのトリックを」

知《し》りたくてたまらない。大樹《たいき》の答《こた》えをもう一秒《びょう》だって待《ま》てやしない。

僕《ぼく》は真剣《しんけん》な顔《かお》で詰《つ》めよった。

大樹《たいき》はすっと目《め》を一回《いっかい》閉《と》じ、それからぱっと見開《みひら》いた。

「そんな難《むずか》しいトリックではありません。雄太《ゆうた》たちの乗《の》った列車《れっしゃ》は、新函館北斗《しんはこだてほくと》を14時《じ》56分《ぷん》に出発《しゅっぱつ》する各駅停車《かくえきていしゃ》でしたが、僕《ぼく》はそのあとにやってきた15時《じ》15分発《ふんはつ》の『特急《とっきゅう》スーパー北斗《ほくと》15号《ごう》』に乗《の》って森《もり》に15時《じ》44分《ふん》、つまりみなさんより十五分《ふん》ほど前《まえ》に着《つ》いたんです」

「大樹《たいき》が乗《の》ったのは特急《とっきゅう》、僕《ぼく》らは各駅停車《かくえきていしゃ》……だけど」

僕《ぼく》は必死《ひっし》に頭《あたま》をめぐらせる。

「でっ、でも私《わたし》たちの気動車《きどうしゃ》は、特急列車《とっきゅうれっしゃ》に追《お》い抜《ぬ》かれはしなかった！　それは確《たし》かだ。

「これは一体《いったい》どういうことなんだ？」

そう、レオンの言《い》うとおりだ。

レオンと僕《ぼく》にじっと見《み》つめられ、大樹《たいき》はその気迫《きはく》に思《おも》わずあとずさる。

「特急《とっきゅう》が通《とお》る路線《ろせん》と、各駅停車《かくえきていしゃ》の列車《れっしゃ》が走《はし》る路線《ろせん》が違《ちが》っていたからです」

「違《ちが》う路線《ろせん》!?　だが、ここを通《とお》っているのは函館本線《はこだてほんせん》だけだろう？」

レオンは改札《かいさつ》の向《む》こうに走《はし》るレールをグッと指差《ゆびさ》す。

「そうです。ここを通《とお》るのは函館本線《はこだてほんせん》です。それは間違《まちが》っていません」

「なんだか、頭《あたま》が痛《いた》くなってきちゃった……」

未来《みらい》が頭《あたま》を抱《かか》えて、ふうっとため息《いき》をつく。

「言葉《ことば》だけではちょっとわかりにくいですよね。これを見《み》てください」

大樹《たいき》は時刻表《じこくひょう》の地図《ちず》のページを開《ひら》いて、指《ゆび》を差《さ》す。

「函館本線《はこだてほんせん》は、七飯《ななえ》〜大沼《おおぬま》〜森《もり》という区間《くかん》で、『8』の字《じ》のような線形《せんけい》になっているのがわかりますか」

確《たし》かに、七飯《ななえ》から大沼《おおぬま》までが小《ちい》さな円《えん》、大沼《おおぬま》から森《もり》までが北海道駒ヶ岳《ほっかいどうこまがたけ》をくるりと取《と》り囲《かこ》むように大《おお》きな円《えん》を作《つく》るように線路《せんろ》が延《の》びている。

「見《み》てわかるとおり、函館本線《はこだてほんせん》には同《おな》じ区間《くかん》に二《ふた》つの経路《けいろ》が存在《そんざい》するところが、二か所《しょ》あるんです。みなさんが乗《の》ってきた路線《ろせん》は『砂原支線《さわらしせん》』と呼《よ》ばれる路線《ろせん》で、第二次世界大戦《だいにじせかいたいせん》中《ちゅう》に輸送力《ゆそうりょく》を増強《ぞうきょう》する目的《もくてき》で、急勾配《きゅうこうばい》を避《さ》けて海岸《かいがん》をまわるように作《つく》られた路線《ろせん》なんです」

続《つづ》いて大樹《たいき》は、新函館北斗《しんはこだてほくと》から内陸側《ないりくがわ》を走《はし》る路線《ろせん》を指《ゆび》で追《お》った。

「そしてこちらは僕《ぼく》が乗《の》った、スーパー北斗《ほくと》が通《とお》った内陸《ないりく》の『本線《ほんせん》』です」

本線《ほんせん》のほうが、距離《きょり》も短《みじか》いということが目《め》で見《み》てもはっきりわかる。

「例外《れいがい》はありますが、基本的《きほんてき》には、勾配《こうばい》があっても比較的《ひかくてき》まっすぐな『本線《ほんせん》』は特急《とっきゅう》・急《きゅう》行列車用《こうれっしゃよう》、『砂原支線《さわらしせん》』は各駅停車用《かくえきていしゃよう》となっているんです」

まさか、二《ふた》つの経路《けいろ》がある路線《ろせん》とは想像《そうぞう》もしなかった。

ストンと、すべてが納得《なっとく》できた。

同時《どうじ》に、やっと抱《いだ》き続《つづ》けてきた違和感《いわかん》の正体《しょうたい》もはっきりした。

「そうだったんだ……。車窓《しゃそう》から見《み》える風景《ふうけい》が不思議《ふしぎ》でならなかったんだ。どうして僕《ぼく》はこの景色《けしき》を何一《なにひと》つ、覚《おぼ》えていないんだろうって。北斗星《ほくとせい》は本線《ほんせん》を通《とお》ってたんだね」

「さすがの雄太《ゆうた》も、このエリアで各駅停車《かくえきていしゃ》には乗《の》っていなかったみたいだな」

「ああ。これでスッキリしたよ」

僕《ぼく》はほっと胸《むね》をなでおろした。

大樹《たいき》はレオンを見《み》た。

「五十年前《ねんまえ》の時刻表《じこくひょう》は今《いま》と違《ちが》いますから、まったく同《おな》じではないと思《おも》いますが、似《に》たような運用《うんよう》をしていたんだと思《おも》います」

レオンは大《おお》きくうなずいた。

「そうか。この方法《ほうほう》で、親友《しんゆう》はひいおじいさまに追《お》いついたんだな」

「親友《しんゆう》さんは、なんとかしてカメラを届《とど》けたいと思《おも》ったはずだよね。この方法《ほうほう》があるとわかった時《とき》、すごくうれしかっただろうな。ひいおじいさんが驚《おどろ》いて、それから喜《よろこ》ぶ顔《かお》を思《おも》いうかべながら、きっと列車《れっしゃ》に乗《の》っていたよね」

未来《みらい》が言《い》った。

「そうだね、きっとそうだ。……いや、ありがとう。長《なが》い間《あいだ》の謎《なぞ》が解《と》けたよ、大樹《たいき》」

レオンが右手《みぎて》を出《だ》すと、大樹《たいき》はその手《て》をがっちりと握《にぎ》った。

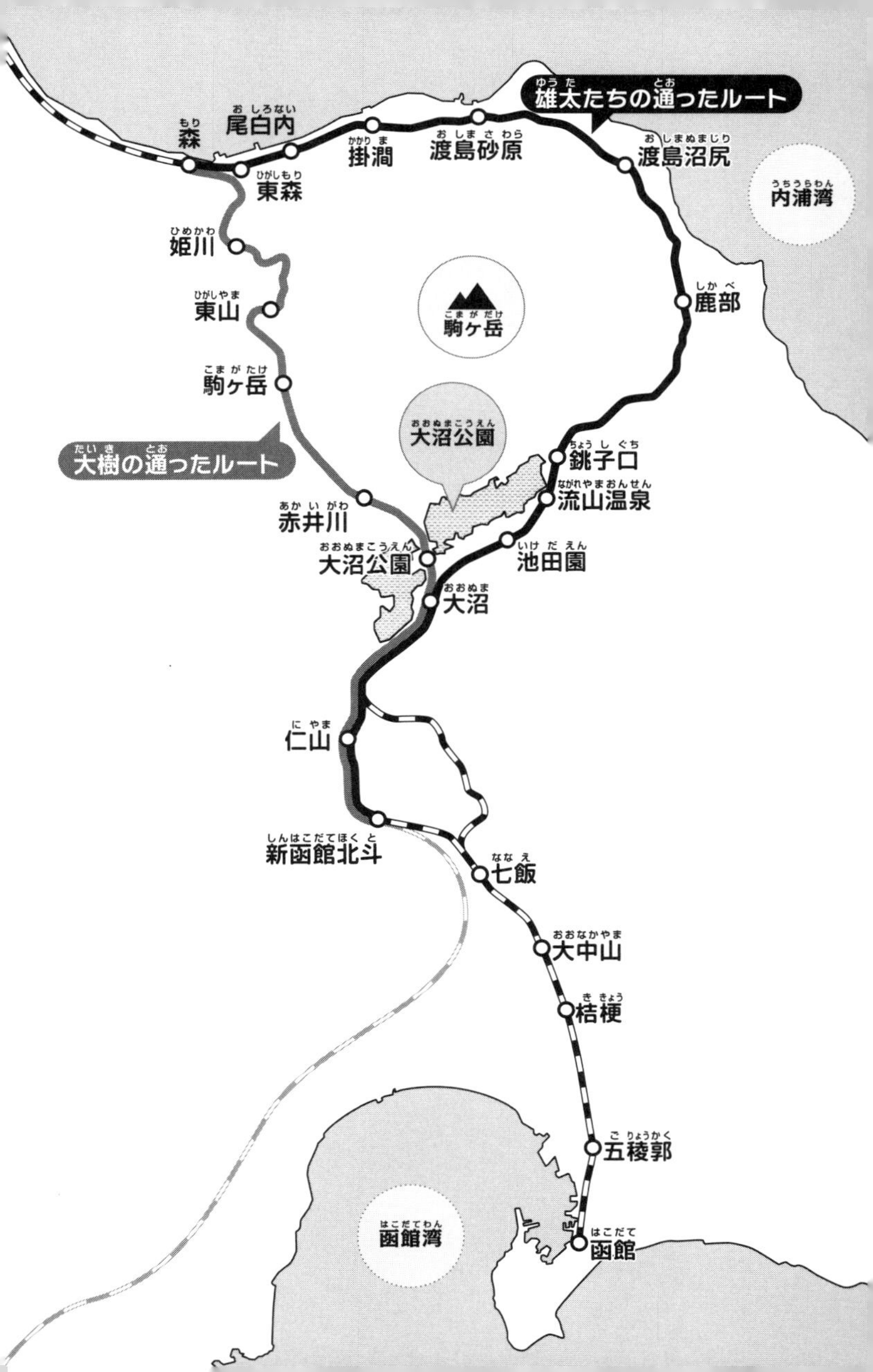

雄太《ゆうた》たちの通《とお》ったルート
大樹《たいき》の通《とお》ったルート
森《もり》
尾白内《おしろない》
掛澗《かかりま》
渡島砂原《おしまさわら》
渡島沼尻《おしまぬまじり》
内浦湾《うちうらわん》
東森《ひがしもり》
姫川《ひめかわ》
東山《ひがしやま》
駒ケ岳《こまがだけ》
鹿部《しかべ》
駒ヶ岳《こまがたけ》
大沼公園《おおぬまこうえん》
銚子口《ちょうしぐち》
流山温泉《ながれやまおんせん》
赤井川《あかいがわ》
大沼公園《おおぬまこうえん》
池田園《いけだえん》
大沼《おおぬま》
仁山《にやま》
新函館北斗《しんはこだてほくと》
七飯《ななえ》
大中山《おおなかやま》
桔梗《ききょう》
五稜郭《ごりょうかく》
函館湾《はこだてわん》
函館《はこだて》

「たいしたことありません。話《はなし》を聞《き》きながら、もしやと思《おも》って時刻表《じこくひょう》を調《しら》べてみたら、たまたま、その列車《れっしゃ》を見《み》つけたんですよ」

レオンは首《くび》を横《よこ》に振《ふ》りながら、しみじみと言《い》う。

「大好《だいす》きだったひいおじいさまの当時《とうじ》の想《おも》いに、少《すこ》しだけ触《ふ》れることができたような気《き》がしたよ……。すごいタイムトリップだった」

レオンは、僕《ぼく》や未来《みらい》の手《て》も握《にぎ》りしめた。

「雄太《ゆうた》たちと北海道《ほっかいどう》に来《き》て本当《ほんとう》によかった。T3《ティースリー》は最高《さいこう》の観光《かんこう》ガイドだ」

『……レオン』

僕《ぼく》らの胸《むね》にも、うれしさがこみあげる。

森駅《もりえき》からは真《ま》っ青《さお》な空《そら》に、凛《りん》とそびえる北海道駒ヶ岳《ほっかいどうこまがたけ》が見《み》えていた。

8 思《おも》い出《で》の教会《きょうかい》

16時《じ》28分《ふん》に、函館《はこだて》へと向《む》かうスーパー北斗《ほくと》14号《ごう》がやってきたので、僕《ぼく》らはそれに乗《の》り、来《き》た時《とき》に通《とお》った砂原支線《さわらしせん》ではなく、本線《ほんせん》を通《とお》って戻《もど》った。

スーパー北斗《ほくと》の使用列車《しようれっしゃ》は、キハ281系《けい》。銀《ぎん》の車体《しゃたい》で、先頭車《せんとうしゃ》だけが青《あお》い。

車両《しゃりょう》はシュッとかっこいいんだけど、実《じつ》は電車《でんしゃ》ではなく、気動車《きどうしゃ》なんだ。

僕《ぼく》らは青《あお》いシートに座《すわ》りながら広《ひろ》い窓《まど》に顔《かお》を付《つ》けて、周《まわ》りの風景《ふうけい》の違《ちが》いを楽《たの》しんだ。

本線《ほんせん》のほうは、もっぱら原生林《げんせいりん》の森《もり》の中《なか》を進《すす》む。

海《うみ》を見《み》ることができなかったけど、北海道駒ヶ岳《ほっかいどうこまがたけ》の勇壮《ゆうそう》な姿《すがた》を反対側《はんたいがわ》から、しかもより近《ちか》くから見《み》ることができた。

スーパー北斗《ほくと》14号《ごう》の函館到着《はこだてとうちゃく》は17時《じ》9分《ふん》。まだまだ空《そら》は明《あか》るい。

行《い》き止《ど》まりの頭端式《とうたんしき》ホームがズラリと並《なら》ぶ函館駅《はこだてえき》を歩《ある》いていると、5番線《ばんせん》に北海道新幹《ほっかいどうしんかん》線《せん》開業《かいぎょう》に合《あ》わせて投入《とうにゅう》された、『はこだてライナー』が停車《ていしゃ》していた。

銀《ぎん》の車体《しゃたい》に紫《むらさき》の帯《おび》の入《はい》ったその733系電車《けいでんしゃ》をゆっくり見学《けんがく》してから改札《かいさつ》を出《で》た。

函館《はこだて》には『函館市電《はこだてしでん》』という路面電車《ろめんでんしゃ》がある。これは函館《はこだて》の主要観光地《しゅようかんこうち》を結《むす》んでいて、観光《かんこう》にはとっても便利《べんり》な乗《の》り物《もの》なんだ。

すぐにでも乗《の》ってみたかったけど、今日《きょう》はもう遅《おそ》いから、レオンが用意《ようい》してくれた駅前《えきまえ》近《ちか》くのホテルにチェックイン。

もちろん、家族旅行《かぞくりょこう》なんかではありえない超豪華《ちょうごうか》ホテル。

夕食《ゆうしょく》もすごかった。

レオンだったらいつものことで慣《な》れているんだろうけど、テーブルにたくさんのフォークやナイフが並《なら》んでいて、最初《さいしょ》はちょっと緊張《きんちょう》。しかもレオンは打《う》ち合《あ》わせに出《で》てしまったので僕《ぼく》ら三人《にん》だけ！

でも次々《つぎつぎ》と運《はこ》ばれてくる料理《りょうり》が美味《おい》しくて、気《き》がついたらそんな緊張《きんちょう》も吹《ふ》き飛《と》んでいた。

食事《しょくじ》が終《お》わって函館《はこだて》の街《まち》が夕闇《ゆうやみ》に包《つつ》まれる頃《ころ》、会食《かいしょく》から戻《もど》ってきたレオンが、

「函館《はこだて》で、これを見逃《みのが》すわけにはいかないよな」

と、言《い》いだして、僕《ぼく》らは全員《ぜんいん》で出《で》かけることになった。

「え、夜《よる》なのにどこに行《い》くの？」

未来《みらい》はレオンの言葉《ことば》にびっくりしていたけれど、それは見《み》てのお楽《たの》しみ。

函館《はこだて》の夜《よる》といえばたぶん、あそこだよね。

僕《ぼく》は前《まえ》にも函館《はこだて》に来《き》ているから、レオンの目的《もくてき》がなんだかわかるんだ。

夜《よる》の外出《がいしゅつ》ということで、ブルクハルトさんがしっかりついてきてくれる。

「普通《ふつう》の人《ひと》と同《おな》じように、行《い》ってみたいんだ。今回《こんかい》はT3《ティースリー》が一緒《いっしょ》なんだからいいだろう？」

専用車《せんようしゃ》で行《い》きましょうというブルクハルトさんの提案《ていあん》を、レオンが即座《そくざ》に、でもやんわりと却下《きゃっか》。

僕《ぼく》らは駅前《えきまえ》のバス停《てい》からバスに乗《の》った。目的地《もくてきち》は函館山《はこだてやま》の頂上《ちょうじょう》だ。

函館山《はこだてやま》は函館《はこだて》のシンボルで、町《まち》のどこからでも、そのこんもりした山《やま》が見《み》える。

山《やま》といっても標高《ひょうこう》は三三四メートルだから、ほぼ東京《とうきょう》タワーと同《おな》じ高《たか》さで、それほど高《たか》くはないんだよ。

函館山《はこだてやま》に向《む》かう途中《とちゅう》の景色《けしき》も、きれいだった。函館《はこだて》の街《まち》は、夜《よる》になると古《ふる》い石造《いしづく》りの建《たて》物《もの》がライトアップされたりして、とても幻想的《げんそうてき》なんだ。

駅前《えきまえ》から三十分《さんじゅっぷん》ほどで函館山山頂《はこだてやまさんちょう》に到着《とうちゃく》。

僕《ぼく》らは、駐車場《ちゅうしゃじょう》から歩《ある》いて展望台《てんぼうだい》へと向《む》かう。

そして、目《め》の前《まえ》に出現《しゅつげん》した景色《けしき》に、思《おも》わず息《いき》をのんだ。

函館《はこだて》は両側《りょうがわ》を海《うみ》にえぐられた半島《はんとう》にあって、函館山《はこだてやま》から見《み》ると「つづみ」のような形《かたち》をしている。

その半島《はんとう》を埋《う》めつくすように、街《まち》の白《しろ》や黄《き》のライトが光《ひか》り、半島全体《はんとうぜんたい》が黄金色《おうごんいろ》にキラキラと輝《かがや》いているのが視界《しかい》いっぱいに広《ひろ》がっていた。

そして、灯《あか》りは地平線《ちへいせん》の彼方《かなた》で空《そら》の星《ほし》とつながっているように見《み》えた。

これが、『百万《ひゃくまん》ドルの夜景《やけい》』といわれる函館《はこだて》の名所《めいしょ》。

やっぱり、何度《なんど》見《み》てもここからの景色《けしき》はすごい！

「きゃ――――!!　すごぉぉぉい！」

未来《みらい》が声《こえ》をあげて展望台《てんぼうだい》の最前列《さいぜんれつ》へ走《はし》る。

高所恐怖症《こうしょきょうふしょう》の大樹《たいき》は一歩《いっぽ》下《さ》がってたけど、目《め》をみはって、美《うつく》しい夜景《やけい》を見《み》つめている。

やっぱり函館《はこだて》に来《き》たら、一度《いちど》はこの夜景《やけい》を見《み》なくちゃねっ！

夜景《やけい》を十分《じゅうぶん》味《あじ》わった僕《ぼく》らは、『函館山《はこだてやま》ロープウェイ』で函館山《はこだてやま》を下《お》りることにした。

函館山《はこだてやま》ロープウェイは一度《いちど》に一二五人《にん》も乗《の》れる大型《おおがた》ゴンドラで、山麓駅《さんろくえき》～山頂駅間《さんちょうえきかん》で往《おう》復運転《ふくうんてん》している。

扉《とびら》が閉《し》まると、ロープウェイはゆっくりと下《した》へ向《む》かって動《うご》きだす。

たくさんの人《ひと》が乗《の》っていたので、僕《ぼく》とレオン、大樹《たいき》と未来《みらい》は少《すこ》し離《はな》れた場所《ばしょ》になった。

函館山《はこだてやま》ロープウェイからの眺《なが》めも最高《さいこう》。これは日本《にほん》で最《もっと》も夜景《やけい》がきれいに見《み》えるロープウェイかもね。

ちなみに昼間《ひるま》、晴《は》れていれば、津軽海峡《つがるかいきょう》の向《む》こうの津軽半島《つがるはんとう》も見《み》えるらしい。

ロープウェイの窓《まど》から僕《ぼく》と並《なら》んで函館《はこだて》の夜景《やけい》を見《み》ていたレオンが、突然気《とつぜんき》になることをつぶやいた。

「……ひいおじいさまが行《い》ったという教会《きょうかい》を訪《たず》ねられたらいいのに……」

「教会《きょうかい》？」

「あ、ああ。ひいおじいさまは、函館《はこだて》の教会《きょうかい》で日本《にほん》の親友《しんゆう》と待《ま》ち合《あ》わせたらしいんだ」

「じゃあ、そこへ行《い》こうよ」

けれど、レオンは残念《ざんねん》そうに首《くび》を横《よこ》に振《ふ》る。

「どの教会《きょうかい》か、わからないんだ。ひいおじいさまから聞《き》いたのは、祭壇《さいだん》がとても美《うつく》しい教《きょう》会《かい》だったということだけで……」

だったら……！

「明日《あした》は、自由《じゆう》になる時間《じかん》があるの？」

僕《ぼく》が聞《き》くと、後《うし》ろに立《た》っていたブルクハルトさんが口《くち》を開《ひら》いた。

「午前中《ごぜんちゅう》は打《う》ちあわせ、午後《ごご》一時《じ》より五稜郭《ごりょうかく》タワーのイベントスペースで『函館《はこだて》・ウッシエン姉妹都市《しまいとし》二十周年《にじゅっしゅうねん》記念式典《きねんしきてん》』でございます、殿下《でんか》。そのあとに少《すこ》しお時間《じかん》がございますが、夕刻《ゆうこく》の新函館北斗《しんはこだてほくと》発《はつ》17時《じ》21分《ぷん》のはやぶさ34号《ごう》で東京《とうきょう》へ戻《もど》りませんと」

僕《ぼく》はケータイでサッと乗《の》り継《つ》ぎを調《しら》べた。

「函館《はこだて》発《はつ》16時《じ》51分《ぷん》の、はこだてライナーに乗《の》れれば大丈夫《だいじょうぶ》ってことだよね。だったら、探《さが》してみようよっ！　その教会《きょうかい》！」

レオンが驚《おどろ》いたように、僕《ぼく》を見《み》る。

「探《さが》す？　その教会《きょうかい》を？」

「そう。だってせっかく函館《はこだて》まで来《き》たんだろ？」

ひいおじいさんの思《おも》い出《で》がそこにあるなら、レオンにその場所《ばしょ》を見《み》せてあげたい！

「見《み》つかるだろうか。函館《はこだて》には、たくさんの教会《きょうかい》があると聞《き》いているが……」

「そんなの、やってみなければわからないじゃん」

「いいのか？　そんな私《わたし》の思《おも》い出《で》につきあってもらって……」

「もちろん。だって、僕《ぼく》らはレオンの観光《かんこう》ガイドでついてきたんだからさっ！」

「ありがとう、雄太《ゆうた》！」

僕《ぼく》らはお互《たが》いの目《め》を見《み》ながら微笑《ほほえ》みあった。

「私《わたくし》からもお礼《れい》を言《い》わせていただきます。ありがとうございます、雄太《ゆうた》さま」

「そんな……雄太《ゆうた》さまだなんて……」

ブルクハルトさんにまでお礼《れい》を言《い》われて気恥《きは》ずかしくなった僕《ぼく》は、あわてて窓《まど》の外《そと》に広《ひろ》がる夜景《やけい》を見《み》つめた。

9

道《どう》南《なん》いさりび鉄《てつ》道《どう》

翌朝《よくあさ》、ブルクハルトさんたちを連《つ》れて、レオンは朝早《あさはや》くから五稜郭《ごりょうかく》タワーへと出《で》かけていった。

イベントの開始前《かいしまえ》に打《う》ちあわせ、リハーサルなんかがあるんだって。

まるで、ライブをやるアイドルの森川《もりかわ》さくらちゃんみたいだね。

でも、僕《ぼく》らだってゆっくりしてはいなかった。

この時間《じかん》を使《つか》って、『道南《どうなん》いさりび鉄道《てつどう》』に乗《の》りにいく。

道南《どうなん》いさりび鉄道《てつどう》は五稜郭《ごりょうかく》から木古内《きこない》まで、約《やく》四〇キロを走《はし》る第《だい》三セクター鉄道《てつどう》。

もともとJR《ジェイアール》北海道《ほっかいどう》の『江差線《えさしせん》』だったんだけど、北海道新幹線《ほっかいどうしんかんせん》の開業《かいぎょう》に合《あ》わせて、第《だい》三セクターとして開業《かいぎょう》したんだ。

朝早《あさはや》く動《うご》きだした理由《りゆう》は、終点《しゅうてん》の木古内《きこない》まで行《い》く列車《れっしゃ》が午前中《ごぜんちゅう》は二本《ほん》しかないから。

僕《ぼく》らが乗《の》るのは、函館発《はこだてはつ》7時《じ》4分《ぷん》の普通列車《ふつうれっしゃ》だ。

使用車両《しようしゃりょう》は、昨日《きのう》森《もり》まで乗《の》ったのと同《おな》じ色《いろ》の、キハ40系《けい》の二両編成《りょうへんせい》。

この車体《しゃたい》は道南《どうなん》いさりび鉄道開業《てつどうかいぎょう》に合《あ》わせて、JR《ジェイアール》北海道《ほっかいどう》から譲《ゆず》り受《う》けたんだって。

函館駅《はこだてえき》の右《みぎ》にある車両基地《しゃりょうきち》には、車体《しゃたい》に大《おお》きな白《しろ》い星《ほし》の入《はい》ったディーゼル機関車《きかんしゃ》が数台《すうだい》並《なら》んでいた。

函館《はこだて》を出《で》ると、すぐに海《うみ》が見《み》えはじめる。五稜郭《ごりょうかく》に近《ちか》づくにつれて内陸《ないりく》に入《はい》るけど、七重浜《ななえはま》ぐらいからは、住宅地《じゅうたくち》の向《む》こうに再《ふたた》び海《うみ》が見《み》え隠《かく》れする。

そして茂辺地《もへじ》からは、線路《せんろ》がぐっと海岸線《かいがんせん》に近《ちか》づき、左側《ひだりがわ》に真《ま》っ青《さお》な海《うみ》が広《ひろ》がる。遠《とお》くには対岸《たいがん》の下北半島《しもきたはんとう》も見《み》えた。

道南《どうなん》いさりび鉄道《てつどう》の見《み》どころは、この車窓《しゃそう》に広《ひろ》がる津軽海峡《つがるかいきょう》の美《うつく》しい景色《けしき》なんだ。

未来《みらい》は「きゃぁ――――!!」と盛《も》りあがって、ずっと左側《ひだりがわ》にカメラを向《む》け続《つづ》けていた。

本数《ほんすう》が少《すく》ないから時刻表《じこくひょう》チェックは必要《ひつよう》だけど、函館《はこだて》まで来《き》たら、このすごい景色《けしき》を楽《たの》しんでおかないとね。

列車《れっしゃ》は終点《しゅうてん》の木古内《きこない》に8時《じ》4分《ぷん》に到着《とうちゃく》。

十五分後《ふんご》の8時《じ》19分《ふん》に函館《はこだて》へ戻《もど》る列車《れっしゃ》があるけど、僕《ぼく》らは約《やく》二時間後《じかんご》の10時《じ》13分発《ぷんはつ》に乗《の》ることにした。

おもしろいのは、僕《ぼく》らが乗《の》ってきた二両編《りょうへん》成《せい》の列車《れっしゃ》が切《き》り離《はな》されること。

しかも、後《うし》ろの車両《しゃりょう》は十五分後《ふんご》の8時《じ》19分《ふん》に函館《はこだて》に向《む》けて出発《しゅっぱつ》し、残《のこ》ったもう一台《だい》は同《おな》じく函館《はこだて》に向《む》けて10時《じ》13分《ぷん》に発車《はっしゃ》するっていうこと。

二両《りょう》で来《き》て、一両《りょう》ずつ戻《もど》っていくなんてびっくりだよね。

ディーゼルカーの切《き》り離《はな》しも見《み》られて、僕《ぼく》らは大満足《だいまんぞく》だった。

ホームを楽《たの》しんでから、改札《かいさつ》に向《む》かう。

木古内《きこない》は無人駅《むじんえき》だ。もともとはJR《ジェイアール》北海道《ほっかいどう》の駅《えき》だったけど、道南《どうなん》いさりび鉄道《てつどう》の開業《かいぎょう》に合《あ》わせて、きれいに改装《かいそう》されていた。

そして、木古内《きこない》にはすぐ横《よこ》にもう一《ひと》つ、駅《えき》があるんだよ。

それは北海道新幹線《ほっかいどうしんかんせん》の木古内駅《きこないえき》!

僕《ぼく》らは、北海道新幹線《ほっかいどうしんかんせん》を外《そと》から見《み》たくて、自動券売機《じどうけんばいき》で入場券《にゅうじょうけん》を買《か》って、二《ふた》つしかない自動改札機《じどうかいさつき》を通《とお》って駅《えき》の中《なか》へ入《はい》る。

木古内《きこない》には8時《じ》50分《ぷん》に新函館北斗《しんはこだてほくと》行《いき》「はやて93号《ごう》」、9時《じ》44分《ふん》に東京《とうきょう》へ向《む》かう「はやぶさ16号《ごう》」が停車《ていしゃ》する。そして、10時少《じすこ》し前《まえ》には全速力《ぜんそくりょく》で通過《つうか》していく「はやぶさ95号《ごう》」が見《み》られるんだ。

僕《ぼく》らは11番線《ばんせん》と12番線《ばんせん》を行《い》ったり来《き》たりしながら、次々《つぎつぎ》に新幹線《しんかんせん》を追《お》いかけた。

新幹線《しんかんせん》は乗《の》るのもいいけど、こうやって外《そと》からじっくり見《み》るのもいいよねっ!

未来《みらい》は新幹線《しんかんせん》が来《く》るたびに、二《ふた》つのカメラで撮《と》りまくっていた。

時間《じかん》ぎりぎりまで楽《たの》しんだ僕《ぼく》らは、道南《どうなん》いさりび鉄道《てつどう》に戻《もど》り、ホームに残《のこ》っていた一両《りょう》編成《へんせい》の函館行《はこだていき》キハ４０に乗車《じょうしゃ》。

でも行《い》き先《さき》は函館《はこだて》じゃない。一《ひと》つ手前《てまえ》の五稜郭《ごりょうかく》で11時《じ》13分《ぷん》に下車《げしゃ》する。

レオンのイベントが、五稜郭《ごりょうかく》タワーで行《おこな》われるからだ。

僕《ぼく》らは、五稜郭《ごりょうかく》の駅前《えきまえ》から11時《じ》29分発《ふんはつ》の旭岡中学校前行《あさひおかちゅうがっこうまえいき》バスに乗《の》り、五稜郭公園入口《ごりょうかくこうえんいりぐち》で降《お》りた。

もうそこから、角《かく》ばった白《しろ》い五稜郭《ごりょうかく》タワーが空《そら》に伸《の》びているのが見《み》える。

近《ちか》くで昼《ひる》ごはんを食《た》べてから、イベントに間《ま》にあうように五稜郭《ごりょうかく》タワーへ向《む》かった。

五稜郭《ごりょうかく》は、北方防備《ほっぽうぼうび》の目的《もくてき》で造《つく》られた、日本初《にほんはつ》のフランス築城方式《ちくじょうほうしき》の星形要塞《ほしがたようさい》。江戸《えど》から明治《めいじ》に変《か》わる時《とき》、幕府側《ばくふがわ》と明治新政府側《めいじしんせいふがわ》の最後《さいご》の戦《たたか》いがここで行《おこな》われたんだって。

五稜郭《ごりょうかく》タワーから見下《みお》ろすと、本当《ほんとう》にきれいな星《ほし》の形《かたち》に堀《ほり》が作《つく》られているのがわかるんだよ。

『函館《はこだて》・ウッシエン姉妹都市《しまいとし》二十周年記念式典《にじゅっしゅうねんきねんしきてん》』の会場《かいじょう》は、五稜郭《ごりょうかく》タワーの中《なか》にある、大《おお》きなイベントスペースだった。

たくさんのパイプ椅子《いす》が並《なら》べられ、すでに大勢《おおぜい》の人《ひと》が集《あつ》まっていた。

僕《ぼく》らは端《はし》っこのほうに三人並《にんなら》んで座《すわ》る。

レオンのひいおじいさん、フランツ二世《せい》・フォン・ヒルデスハイムが、約《やく》五十年前《ねんまえ》に函《はこ》館《だて》へ来《き》たことがきっかけで、函館《はこだて》とウッシェンのおつきあいが始《はじ》まったということがプロモーションビデオで紹介《しょうかい》されたり、両都市《りょうとし》に昔《むかし》から伝《つた》わる歌《うた》が少年少女合唱隊《しょうねんしょうじょがっしょうたい》によって歌《うた》われたりした。

最後《さいご》に両都市代表者《りょうとしだいひょうしゃ》として、函館市長《はこだてしちょう》とウッシェン側《がわ》の代表《だいひょう》のレオンが挨拶《あいさつ》をした。

サマーパーティの時《とき》と同《おな》じ、白《しろ》い制服《せいふく》に身《み》を包《つつ》んだレオンは、さっそうと舞台《ぶたい》の上《うえ》に現《あらわ》れた。

そして、まったく原稿《げんこう》を見《み》ることもなく五分《ふん》くらいのスピーチをスラスラと行《おこな》った。

……立派《りっぱ》だなぁ、レオン。

同《おな》じ歳《とし》だなんて、ちょっと信《しん》じられないよね。大人《おとな》がたくさん見《み》つめる中《なか》、堂々《どうどう》と、時《とき》には笑顔《えがお》まで見《み》せながら、話《はなし》をするなんて。

最後《さいご》にレオンは、函館市《はこだてし》の女《おんな》の子《こ》から大《おお》きな花束《はなたば》を受《う》け取《と》り、みんなに手《て》を振《ふ》った。

式典《しきてん》のイベントは、14時《じ》までにすべて終了《しゅうりょう》した。

「よしっ、迎《むか》えにいこう」

僕《ぼく》らは席《せき》を立《た》って楽屋《がくや》のある舞台裏《ぶたいうら》へ。

昨日《きのう》、ロープウェイの中《なか》でレオンと話《はな》したことは、大樹《たいき》にも未来《みらい》にも伝《つた》えてある。

二人《ふたり》とも「その教会《きょうかい》を絶対《ぜったい》に見《み》つけよう」と喜《よろこ》んで賛成《さんせい》してくれた。

だが、扉《とびら》から出《で》てきたレオンを見《み》て、僕《ぼく》らは一瞬《いっしゅん》、固《かた》まった。だって、例《れい》の白《しろ》い制服姿《せいふくすがた》のままだったから。

「まさかその服《ふく》で行《い》くの、レオン」

未来《みらい》がびっくりするのもわかる。これじゃ、どう考《かんが》えても目立《めだ》ちまくりだからね。

「着替《きが》える時間《じかん》も惜《お》しいんだ、早《はや》く行《い》こう！」

前《まえ》のめりになって歩《ある》きだしたレオンを、僕《ぼく》らはあわてて追《お》いかけた。

もちろん、ブルクハルトさんや三人《にん》の執事《しつじ》も忍者《にんじゃ》のようにそのあとをヒタヒタとついてくる。

五稜郭《ごりょうかく》タワーから、一番近《いちばんちか》くの路面電車《ろめんでんしゃ》の電停《でんてい》までは少《すこ》し距離《きょり》があった。

ちなみに、路面電車《ろめんでんしゃ》が停《と》まる場所《ばしょ》は「路面電車停留場《ろめんでんしゃていりゅうじょう》」、略《りゃく》して「電停《でんてい》」っていうんだよ。

「これが一番便利《いちばんべんり》だと思《おも》って、レオンの分《ぶん》も買《か》っておいたよ」

僕《ぼく》はレオンに、函館市電《はこだてしでん》の路線地図《ろせんちず》が描《えが》かれたきっぷを手渡《てわた》した。

「市電《しでん》1日乗車券《にちじょうしゃけん》か」

朝《あさ》、函館駅《はこだてえき》に行《い》った時《とき》に、僕《ぼく》らは全員分《ぜんいんぶん》の『市電《しでん》1日乗車券《にちじょうしゃけん》』を買《か》っておいたんだ。

その瞬間《しゅんかん》、背後《はいご》からブルクハルトさんが湧《わ》いて出《で》た。

「お代金《だいきん》をお支払《しはら》いいたします」

クゥゥゥゥ……。なんとかびっくりしないように耐《た》え、僕《ぼく》は、ブルクハルトさんに向《む》かって手《て》を横《よこ》に振《ふ》った。

「いいですよ、たったの三〇〇円《えん》だから」

「なんとっ！　子供料金《こどもりょうきん》とはいえ、路面電車《ろめんでんしゃ》に朝《あさ》から晩《ばん》まで乗《の》って、たったの三〇〇円《えん》とは！」

ブルクハルトさんは、びっくりしてズレたメガネを直《なお》した。

「だから、気《き》にしないでください」

「では、ありがたく使《つか》わせていただきます」

その瞬間《しゅんかん》、ブルクハルトさんはどこかへ消《き》えた。

……どうなっているんだ？

まるで手品《てじな》のようにブルクハルトさんは現《あらわ》れたり消《き》えたりする。

「じゃあ、みんなも今日《きょう》の日付《ひづけ》のところをスクラッチして」

僕《ぼく》らは歩《ある》きながら一〇円玉《えんだま》を取《と》り出《だ》した。

1日乗車券《にちじょうしゃけん》は、年《ねん》、月《つき》、日《ひ》が最初《さいしょ》はすべて銀色《ぎんいろ》にぬられている。

そこで今日《きょう》の日付《ひづけ》のところをコインでスクラッチして黄色《きいろ》にすることで1日乗車券《にちじょうしゃけん》として使《つか》えるようになるんだ。

大《おお》きな交差点《こうさてん》を渡《わた》り、銀行《ぎんこう》を通《とお》り過《す》ぎる。

レオンを囲《かこ》むようにして、僕《ぼく》と大樹《たいき》と未来《みらい》は歩《ある》いた。

「祭壇《さいだん》がきれいな教会《きょうかい》。それだけなんですね、手《て》がかりは」

大樹《たいき》は手帳《てちょう》を開《ひら》きながら言《い》った。

「ああ……」

レオンが唇《くちびる》をかむ。

「大丈夫《だいじょうぶ》よ！　教会《きょうかい》の名前《なまえ》なんかわからなくても。町《まち》にある教会《きょうかい》を全部《ぜんぶ》、まわっちゃえばいいんだから」

出《で》たっ！　未来《みらい》の必殺《ひっさつ》・体力勝負技《たいりょくしょうぶわざ》！

得意《とくい》げに言《い》った未来《みらい》を横目《よこめ》で見《み》て、男子《だんし》三人《にん》は「あぁ〜」と頭《あたま》を抱《かか》えた。

「それが……そうはいかないんだよ、未来《みらい》」

「えっ!?　どうして？」

未来《みらい》は驚《おどろ》いて僕《ぼく》を見《み》た。レオンがため息交《いきま》じりに言《い》う。

「函館《はこだて》には、たくさん教会《きょうかい》があるんだ」

「そうなの？」

「幕末《ばくまつ》に開港《かいこう》した函館《はこだて》には、多《おお》くの西洋人《せいようじん》がやってきたんだ。だから、函館《はこだて》には有名《ゆうめい》な教《きょう》会《かい》だけでも十数個《じゅうすうこ》あるのさ。教会《きょうかい》は神《かみ》に祈《いの》りをささげるという目的《もくてき》もあるが、宿泊施設《しゅくはくしせつ》として利用《りよう》したり、情報交換《じょうほうこうかん》するコミュニケーションスペースという一面《いちめん》もあったからね」

僕《ぼく》も続《つづ》ける。

「それに今日《きょう》の17時前《じまえ》には函館《はこだて》を出《で》なくちゃいけないから、教会《きょうかい》をすべてまわるっていうわけにはいかないんだよ」

「そっかぁ……じゃあ、推理《すいり》して、これだと思《おも》うところを探《さが》すしかないね」

「そういうこと」

電停《でんてい》、五稜郭公園前《ごりょうかくこうえんまえ》は、片側《かたがわ》二車線《しゃせん》の道路《どうろ》の中央近《ちゅうおうちか》くにあった。

上《のぼ》りと下《くだ》りの道路《どうろ》の内側《うちがわ》に、二本《ほん》の線路《せんろ》がしかれていて、路面電車《ろめんでんしゃ》が通《とお》らない時《とき》は車《くるま》がその上《うえ》を走《はし》っている。

駅《えき》の、オシャレな白《しろ》い壁《かべ》に僕《ぼく》の目《め》が引《ひ》きよせられた。

あれ？　前《まえ》に来《き》た時《とき》は、こんなのなかったと思《おも》ったけどなぁ。

首《くび》をひねった僕《ぼく》の気持《きも》ちを見透《みす》かしたように、大樹《たいき》が耳打《みみう》ちした。

「北海道新幹線開業《ほっかいどうしんかんせんかいぎょう》を記念《きねん》して、この壁《かべ》が付《つ》けられたらしいぞ」

「新幹線《しんかんせん》が来《く》るって、やっぱりすごいことなんだな！」

手前《てまえ》のホームは温泉《おんせん》のある『湯《ゆ》の川《かわ》』方面《ほうめん》、少《すこ》し向《む》こうにあるホームは駅前《えきまえ》や港《みなと》へ戻《もど》ることになる『函館《はこだて》どつく前《まえ》』や『谷地頭《やちがしら》』方面《ほうめん》へ行《い》く。

時刻《じこく》を確認《かくにん》すると、14時《じ》15分《ふん》。つまり、教会探《きょうかいさが》しに残《のこ》された時間《じかん》はわずか二時間半強《じかんはんきょう》ということになる。

「さあ、どっちの電車《でんしゃ》に乗《の》るか、決《き》めなくちゃね」

未来《みらい》が腕《うで》を組《く》む。

大樹《たいき》が反対側《はんたいがわ》のホームを指差《ゆびさ》した。

「とりあえず、駅方面《えきほうめん》へ行《い》きませんか？」

「駅方面《えきほうめん》？」

大樹《たいき》が僕《ぼく》にうなずく。

「少《すこ》し函館《はこだて》の教会《きょうかい》について調《しら》べてみたんだ。函館《はこだて》には大《おお》きな修道院《しゅうどういん》が二《ふた》つあって、一《ひと》つは、いさりび鉄道《てつどう》の渡島当別駅《おしまとうべつえき》の近《ちか》くにある『トラピスト修道院《しゅうどういん》』。もう一《ひと》つは函館空港近《はこだてくうこうちか》くにある『トラピスチヌ修道院《しゅうどういん》』」

「どっちも、少《すこ》し遠《とお》いな」

「ああ。けれど、ひいおじいさんは修道院《しゅうどういん》を教会《きょうかい》とは言《い》わないと思《おも》ったんだ。だからそれ以外《いがい》に有名《ゆうめい》な教会《きょうかい》を調《しら》べてみたんだけど、多《おお》くが函館山《はこだてやま》のふもとに集中《しゅうちゅう》しているんだ」

「それって……昨日夜景《きのうやけい》を見《み》にいった山《やま》の近《ちか》くってこと？」

未来《みらい》はデジカメで電停《でんてい》を撮影《さつえい》しながら聞《き》く。

「ええ。函館《はこだて》が開港《かいこう》した頃《ころ》は、その辺《あた》りが外《がい》国人《こくじん》の居住区《きょじゅうく》になっていたのでしょう。ですから、とりあえず函館山《はこだてやま》のふもとへ向《む》かえばいいんじゃないかと……」

「よし！　そうしようっ！」

僕《ぼく》はそう言《い》って、右手《みぎて》を前《まえ》に出《だ》した。

そこに大樹《たいき》、レオン、未来《みらい》と手《て》を乗《の》せる。

僕《ぼく》が「いくよっ！」とかけ声《ごえ》をかけ、みんなで思《おも》いきり叫《さけ》んだ。


『ミッション・スタートー――!!』

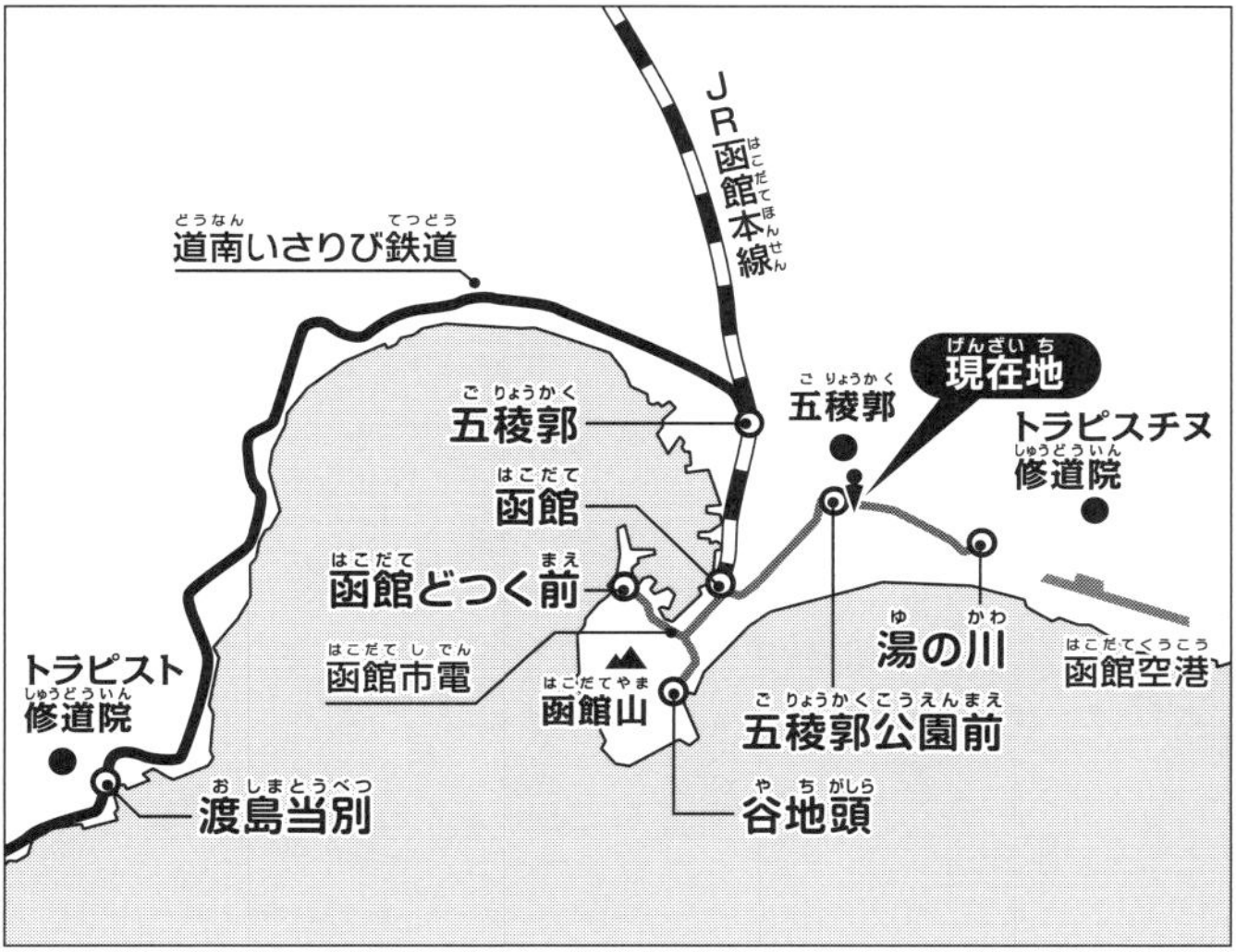

10 教会《きょうかい》を探《さが》せ！

僕《ぼく》らは、横断歩道《おうだんほどう》の上《うえ》の線路《せんろ》を横切《よこぎ》り、函館方面《はこだてほうめん》へ向《む》かう市電《しでん》が停《と》まるホームに渡《わた》った。

キキイン……キキィン……ガガガガッ……。

すぐに湯《ゆ》の川方面《かわほうめん》から大《おお》きな音《おと》を鳴《な》らしながら、上半分《うえはんぶん》がクリーム色《いろ》、下《した》がこげ茶色《ちゃいろ》で正面《しょうめん》に「718」と書《か》かれた一両編成《りょうへんせい》の車両《しゃりょう》がやってきた。

おおっ、古《ふる》そうな車両《しゃりょう》！

キィインと大《おお》きなブレーキ音《おん》を立《た》てて停車《ていしゃ》すると、車体《しゃたい》の中央《ちゅうおう》にあった扉《とびら》がガラガラと開《ひら》く。

僕《ぼく》が先頭《せんとう》になって車内《しゃない》へ乗《の》りこむ。後《うし》ろから未来《みらい》のうれしそうな声《こえ》が聞《き》こえた。

「うわぁ～レトロ」

床《ゆか》は木製《もくせい》。左右《さゆう》にはオレンジのモケットが貼《は》られたロングシートが並《なら》んでいる。

窓《まど》の枠《わく》も扉《とびら》も木製《もくせい》で、扉《とびら》の内側《うちがわ》には自動《じどう》で開《ひら》くためのアームが露出《ろしゅつ》している。

「あっ、女性運転手《じょせいうんてんしゅ》さん！」

未来《みらい》の声《こえ》が弾《はず》んでいる。

女性運転手《じょせいうんてんしゅ》さんは正面《しょうめん》真《ま》ん中《なか》にある運転台《うんてんだい》に座《すわ》って、慣《な》れた手《て》つきで機械《きかい》を上手《じょうず》に操作《そうさ》する。

日曜日《にちようび》だからだろうか。割合《わりあい》混雑《こんざつ》していた。

走《はし》りだすと、床下《ゆかした》からグウゥゥゥウゥゥウンと大《おお》きなモーター音《おん》が響《ひび》きはじめた。

「……この音《おと》は」

大樹《たいき》が床《ゆか》に耳《みみ》を向《む》ける。

「これだけ音《おと》が響《ひび》くのは……吊《つ》り掛《か》け式《しき》だね」

モーターを台車《だいしゃ》の軸《じく》にかけるように組《く》みこんでいる方式《ほうしき》だ。

昔《むかし》の電車《でんしゃ》にはこの方法《ほうほう》がよく使《つか》われていたんだけど、今《いま》は少《すく》なくなってきている。

コトコトコトコトコトコトコトコト……。

しばらくすると空気《くうき》をタンクに詰《つ》めこむコンプレッサーの音《おと》がしだした。

電車《でんしゃ》ではブレーキ用《よう》の圧縮空気《あっしゅくくうき》をボンベに溜《た》めこんでいる。そのボンベの空気《くうき》が少《すく》なくなってくると、満《まん》タンになるまでコンプレッサーが動《うご》くんだ。

これは僕《ぼく》らが一畑電車《いちばたでんしゃ》へ行《い》って運転体験《うんてんたいけん》をして覚《おぼ》えたことの一《ひと》つ。

「この車両《しゃりょう》は７１０系《けい》で、初登場《はつとうじょう》は１９５９年《ねん》だそうですよ」

大樹《たいき》が手帳《てちょう》を見《み》ながらそう言《い》うと、レオンがニコリと笑《わら》った。

「ってことは……これもタイムマシンってことかな？」

「もしかしたら、ひいおじいさんも乗《の》っているかもしれませんね」

「そうだな。函館《はこだて》にはひいおじいさまの思《おも》い出《で》がたくさん残《のこ》っているんだな……」

レオンは、窓《まど》の外《そと》に広《ひろ》がる街並《まちな》みに目《め》を向《む》けながら言《い》った。

それもそのはず。五稜郭公園前《ごりょうかくこうえんまえ》から函館駅前《はこだてえきまえ》の道《みち》すじには、昭和時代《しょうわじだい》の古《ふる》い商店街《しょうてんがい》が残《のこ》っていたり、明治《めいじ》の頃《ころ》に建《た》てられたような石造《いしづく》りのオシャレなビルがまだ現役《げんえき》で使《つか》われているのが、いくつも見《み》えた。

その中《なか》に、レオンのひいおじいさんが見《み》た建物《たてもの》や街並《まちな》みがないとも限《かぎ》らない。

そんなふうに窓《まど》の外《そと》を見《み》ていると、突然《とつぜん》、
「あれ、H《エイチ》5系《けい》新幹線《しんかんせん》じゃない？」
未来《みらい》が反対側《はんたいがわ》の車窓《しゃそう》に向《む》けてビッと手《て》を伸《の》ばし、驚《おどろ》いたような声《こえ》を出《だ》した。
『えっ!?』
視線《しせん》を向《む》けたみんなの口《くち》がぽかんと開《あ》いた。
確《たし》かにH《エイチ》5系《けい》新幹線《しんかんせん》がこっちに向《む》かってくる。
……かなり小《ち》さくて角《かく》ばっているけどね。
「あれは、9600形《けい》の北海道《ほっかいどう》新幹線《しんかんせん》ラッピング車《しゃ》だそうですよ」
大樹《たいき》は手帳《てちょう》を開《ひら》きながら説明《せつめい》してくれる。
車体《しゃたい》から、こだわりがビシビシ感《かん》じられる。
ちゃんと上《うえ》はエメラルドグリーンで下半分《したはんぶん》は白《しろ》。

それには大《おお》きなガラス窓《まど》も新幹線《しんかんせん》みたいに、しっかり真四角《ましかく》にラッピングされていた。

でも、小《ちい》さな路面電車《ろめんでんしゃ》ってことが楽《たの》しい。

「あのエメラルドグリーンって、北海道《ほっかいどう》の海《うみ》の色《いろ》にも似《に》ているよね」

未来《みらい》は窓《まど》にカメラを押《お》し当《あ》てて撮影《さつえい》しながら、ぽつりとつぶやいた。

その時《とき》だった。レオンははっと顔《かお》を上《あ》げた。

「そうだ、グリーンだっ！」

「グリーン？　なにか思《おも》い出《だ》したの？」

レオンは拳《こぶし》を握《にぎ》りしめ、大《おお》きくこくんとうなずく。

「教会《きょうかい》は坂《さか》の上《うえ》にある！」

「坂《さか》の上《うえ》？」

「ああ。エメラルドグリーンの美《うつく》しい屋根《やね》の教会《きょうかい》が坂《さか》の上《うえ》にあって、その近《ちか》くの下《くだ》り坂《ざか》からエメラルドグリーンに輝《かがや》く海《うみ》を見《み》ていたら、日本《にほん》の親友《しんゆう》が函館《はこだて》へ着《つ》いたのが見《み》えたって、ひいおじいさまが言《い》ってたんだ！」

未来《みらい》はレオンの手《て》をつかんだ。

「やった！　これは大《だい》ヒントじゃない？　だって、日本《にほん》の親友《しんゆう》が函館《はこだて》へ着《つ》いたのが見《み》えたってことは、青函《せいかん》トンネルでやってきた列車《れっしゃ》が、教会近《きょうかいちか》くの坂道《さかみち》から見《み》えたってことでしょ！」

「そういうことだったのかっ！」

レオンがパチンと指《ゆび》を鳴《な》らすと、大樹《たいき》はキラリと目《め》を光《ひか》らせる。

「だったら話《はなし》は簡単《かんたん》です。函館駅《はこだてえき》から見《み》える坂道近《さかみちちか》くにある教会《きょうかい》を探《さが》しましょう」

次《つぎ》は函館駅前《はこだてえきまえ》というアナウンスがあったのはその時《とき》だ。

「じゃ、ここで降《お》りなきゃね」

未来《みらい》は壁《かべ》にあった白《しろ》いボタンを押《お》す。

ピンポーンと音《おと》が鳴《な》って「次《つぎ》、停《と》まります」とアナウンスが流《なが》れた。

駅前《えきまえ》にある十字路《じゅうじろ》を左《ひだり》へカーブしてから、電車《でんしゃ》はギュユユインと停車《ていしゃ》。

僕《ぼく》らは前方《ぜんぽう》に進《すす》み、たくさんのお客《きゃく》さんと一緒《いっしょ》に函館駅前電停《はこだてえきまえでんてい》に降《お》り立《た》った。

停車《ていしゃ》した電車《でんしゃ》からは、ブレーキをかけたことで減《へ》った空気《くうき》を詰《つ》めこむ、コトコトコトというコンプレッサーの音《おと》が聞《き》こえている。

ホームに降《お》り、僕《ぼく》らは函館駅《はこだてえき》に向《む》かって歩道《ほどう》を走《はし》った。

函館駅前《はこだてえきまえ》はきれいに整備《せいび》された広場《ひろば》になっていて、その奥《おく》に大《おお》きな駅舎《えきしゃ》がある。

「駅《えき》の向《む》こう側《がわ》は海《うみ》だ、岸壁《がんぺき》に立《た》って、教会《きょうかい》を探《さが》そう」

僕《ぼく》らは駅舎《えきしゃ》の横《よこ》を抜《ぬ》けて、岸壁《がんぺき》へ向《む》かって進《すす》んだ。

上《うえ》に高架道路《こうかどうろ》がかかる岸壁《がんぺき》からは、函館港《はこだてこう》が見《み》え隠《かく》れしている。

未来《みらい》はデジカメを望遠鏡《ぼうえんきょう》がわりにして、周囲《しゅうい》を見《み》わたす。

僕《ぼく》らも目《め》をこらして、教会《きょうかい》の屋根《やね》や壁《かべ》が見《み》えないか探《さが》した。

だが、すぐに僕《ぼく》は少《すこ》し変《へん》なことに気《き》がついた。

「ここからじゃ、函館山《はこだてやま》さえもよく見《み》えないぞ」

レオンがため息交《いきま》じりに言《い》うのが聞《き》こえる。

そうなんだ。この位置《いち》からでは、体《からだ》をグルリと左《ひだり》へ大《おお》きくひねらなくては、函館山《はこだてやま》が見《み》えない。しかも、ふもとは街並《まちな》みに隠《かく》されて、教会《きょうかい》も見《み》つけられない。

「推理《すいり》が間違《まちが》っていたのでしょうか……」

大樹《たいき》はガサガサと時刻表《じこくひょう》や革《かわ》の手帳《てちょう》をめくって調《しら》べ直《なお》す。

「ないはずないよ。きっと、どこかにあるはずよっ！」

未来《みらい》はファインダーをのぞき続《つづ》けている。

「ありがとう、みんな。私《わたし》のために……」

レオンが小《ちい》さな声《こえ》でつぶやいた。

「あたりまえじゃないっ！　私《わたし》とレオンは鉄《てっ》トモでしょ！」

その間《あいだ》、僕《ぼく》は必死《ひっし》で頭《あたま》を巡《めぐ》らせていた。

……なにか勘違《かんちが》いしているような気《き》がする。

なんだろう、大切《たいせつ》なことを忘《わす》れているような……。

それがなんなのか。思《おも》い出《だ》せ！

ケータイで時計《とけい》をチェックすると、すでに15時《じ》をまわりつつある。

もう迷《まよ》っている時間《じかん》はない。

ちゃんと推理《すいり》して一発《いっぱつ》で教会《きょうかい》へたどり着《つ》かなくちゃいけない。

僕《ぼく》は何気《なにげ》なく、海《うみ》のほうに目《め》をやった。

正面《しょうめん》には造船用《ぞうせんよう》のクレーンが林立《りんりつ》し、右奥《みぎおく》には函館湾《はこだてわん》の出口《でぐち》がありコンテナ船《せん》が見《み》えた。

目《め》を左《ひだり》へ移動《いどう》させると、そこに……。

その瞬間《しゅんかん》、僕《ぼく》の頭《あたま》に電撃《でんげき》が走《はし》った！


「そうだったぁ――――――――――!!」


僕《ぼく》は思《おも》いきり叫《さけ》んだ。

「きゃっ！　なにっ!?」

驚《おどろ》いて未来《みらい》が振《ふ》り返《かえ》る。

「レオンのひいおじいさんが見《み》たのは『列車《れっしゃ》』じゃないっ！」

『列車《れっしゃ》じゃない!?』

みんなが固《かた》まるのがわかった。

そのまま僕《ぼく》は駆《か》けだす。

「理由《りゆう》はあとから説明《せつめい》するよ。とにかく今《いま》はついてきて！」

岸壁《がんぺき》に一番近《いちばんちか》い道路《どうろ》に沿《そ》っている歩道《ほどう》を僕《ぼく》らは急《いそ》いだ。

距離《きょり》にして二〇〇メートルくらい走《はし》ったところを右折《うせつ》して大《おお》きな駐車場《ちゅうしゃじょう》へ入《はい》る。

そこにそれがあった。

下半分《したはんぶん》が青《あお》、上《うえ》が白《しろ》に塗《ぬ》られた古《ふる》い船《ふね》が接岸《せつがん》されていた。

僕《ぼく》が船《ふね》を見上《みあ》げていると、未来《みらい》、レオン、大樹《たいき》の順番《じゅんばん》で追《お》いついてくる。

「そうか……僕《ぼく》としたことが」

ポンと手《て》を打《う》ったのは大樹《たいき》だった。

「そうかってなに？　雄太《ゆうた》だけじゃなくて大樹君《たいきくん》まで」

僕《ぼく》は、右手《みぎて》を上《あ》げてその船《ふね》を指差《ゆびさ》した。

「レオンのひいおじいさんが見《み》たのは列車《れっしゃ》ではなく、この『青函連絡船《せいかんれんらくせん》』だったんだよ」

『せっ、青函連絡船《せいかんれんらくせん》!?』

レオンと未来《みらい》は、なにがなんだかわからないという表情《ひょうじょう》。

「その頃《ころ》はまだ、青函《せいかん》トンネルはなかったんだ。青函《せいかん》トンネルが開通《かいつう》して電車《でんしゃ》が走《はし》りだしたのは、１９８８年《ねん》3月《がつ》13日《にち》。それまで青森《あおもり》と函館《はこだて》の間《あいだ》を結《むす》んでいたのは、青函連絡船《せいかんれんらくせん》だったんだよ」

「えっ、鉄道《てつどう》は青森《あおもり》までしかなかったの？」

「そうなんです。青森《あおもり》まで列車《れっしゃ》に乗《の》ってきたお客《きゃく》さんは、みんな青函《せいかん》連絡船《れんらくせん》に乗《の》り換《か》えて北海道《ほっかいどう》へ渡《わた》ったんです。だからフェリーではなく『連絡船《れんらくせん》』なんです。ほら、その証拠《しょうこ》にあそこに『国鉄《こくてつ》』のマークが入《はい》っています」

大樹《たいき》が指差《ゆびさ》したのは船《ふね》の煙突《えんとつ》だった。青《あお》と白《しろ》に塗《ぬ》り分《わ》けられていて、その真《ま》ん中《なか》には赤字《あかじ》で国鉄《こくてつ》のマークが入《はい》っていた。国鉄《こくてつ》はＪＲ《ジェイアール》の前《まえ》の会社《かいしゃ》なんだ。

「ひいおじいさまは教会《きょうかい》の近《ちか》くの坂《さか》の上《うえ》に立《た》ち、この連絡船《れんらくせん》が海《うみ》からこの桟橋《さんばし》に接岸《せつがん》するのを見《み》ていたということか」

僕《ぼく》は右手《みぎて》の人差《ひとさ》し指《ゆび》を上《あ》げて、レオンにうなずく。

「そういうことっ」

その瞬間《しゅんかん》、船《ふね》のほうから声《こえ》が聞《き》こえた。

「みなさんの分《ぶん》の入場料《にゅうじょうりょう》は支払《しはら》っておきました。さぁ、中《なか》へ早《はや》く！」

船《ふね》の横《よこ》にある受付《うけつけ》の前《まえ》にはブルクハルトさんが立《た》っていた。

「よしっ、急《いそ》ごう！」

レオンは階段《かいだん》を駆《か》け抜《ぬ》け、保存青函連絡船《ほぞんせいかんれんらくせん》、摩周丸《ましゅうまる》へと入《はい》っていく。
僕《ぼく》らもブルクハルトさんに「ありがとう」と言《い》いながら入口《いりぐち》を走《はし》り抜《ぬ》けた。
ちなみに、見学料《けんがくりょう》は子供《こども》一人《ひとり》二五〇円《えん》。
入《はい》ってすぐの場所《ばしょ》は、船《ふね》の二階部分《かいぶぶん》だった。
左《ひだり》にあった階段《かいだん》を駆《か》けて、三階《がい》へと上《あ》がる。
三階《がい》は連絡船《れんらくせん》のことがわかる展示《てんじ》スペースと遊歩甲板《ゆうほかんぱん》がある。
今日《きょう》は残念《ざんねん》ながら時間《じかん》がないのでそこは素《す》通《どお》りして、また階段《かいだん》を上《のぼ》り四階《かい》へ。
さらに、そこからコンパス甲板《かんぱん》へと続《つづ》く階《かい》段《だん》を駆《か》けあがった。
そしてグレーにぬられたコンパス甲板《かんぱん》の突《とっ》

端《たん》へ向《むか》って走《はし》る。

すると目指《めざ》すものが目《め》に飛《と》びこんできた！


『あった――!!』


四人《よにん》で右手《みぎて》を伸《の》ばして、いっせいに坂《さか》を指差《ゆびさ》す。

そこには、海《うみ》からまっすぐに上《のぼ》っていく坂道《さかみち》が、キラリと光《ひか》り輝《かがや》いていた。

すかさず未来《みらい》がデジカメで坂道《さかみち》付近《ふきん》を撮《と》り、その画像《がぞう》を拡大《かくだい》しながら探《さが》す。

「これ、これじゃないっ!?　緑《みどり》の三角屋根《さんかくやね》の建物《たてもの》っ！」

周《まわ》りの建物《たてもの》に隠《かく》れてほとんど屋根《やね》しか見《み》えないけど、エメラルドグリーンの屋根《やね》と十字《じゅうじ》架《か》らしきものが見《み》える。

「これがその教会《きょうかい》に違《ちが》いない！」

「よかったね、レオン」

デジカメのモニターから目《め》をはずした未来《みらい》は、レオンにやさしく微笑《ほほえ》んだ。

「ありがとう！　未来《みらい》」

感動《かんどう》したレオンは目《め》に少《すこ》し涙《なみだ》を浮《う》かべていた。

「やったね、レオン！」

二人《ふたり》は何度《なんど》もハイタッチ！

ちょうど、二人《ふたり》のテンションが合《あ》っているって感《かん》じ？

本当《ほんとう》に息《いき》が合《あ》ってるなぁ。そんなふうに僕《ぼく》は思《おも》った。

二人《ふたり》の感動《かんどう》がおさまってきたところを見計《みはか》らって僕《ぼく》は声《こえ》をかける。

「ここはまだゴールじゃないよ、レオン」

レオンは涙《なみだ》をハンカチで拭《ふ》く。

「あぁ、そうだな」

大樹《たいき》がスマホから目《め》を離《はな》して、説明《せつめい》する。

「あの教会《きょうかい》は『函館《はこだて》ハリストス正教会《せいきょうかい》』だそうです。そしてあの坂《さか》は『八幡坂《はちまんざか》』。教会《きょうかい》へ行《い》くには函館駅前《はこだてえきまえ》まで戻《もど》って、再《ふたた》び市電《しでん》に乗《の》り、末広町《すえひろちょう》まで行《い》かなくてはなりません。そこから教会《きょうかい》まで徒歩《とほ》十二分《ふん》のようですから、急《いそ》がないと……」

「さあ、行《い》こう！」

そう言《い》って歩《ある》きかけた時《とき》、レオンが僕《ぼく》らを呼《よ》び止《と》めた。

「ちょっと、待《ま》ってくれ。私《わたし》にやらせてもらいたいことがあるんだ」

「なに？」

レオンはすっと右手《みぎて》を前《まえ》に出《だ》した。

まさか、例《れい》のやつ!?

僕《ぼく》もその上《うえ》に手《て》を伸《の》ばした。

それからレオンが「いくよ」と言《い》い、僕《ぼく》らはいっせいに叫《さけ》んだ。

『ミッション成《せい》功《こう》――!!』

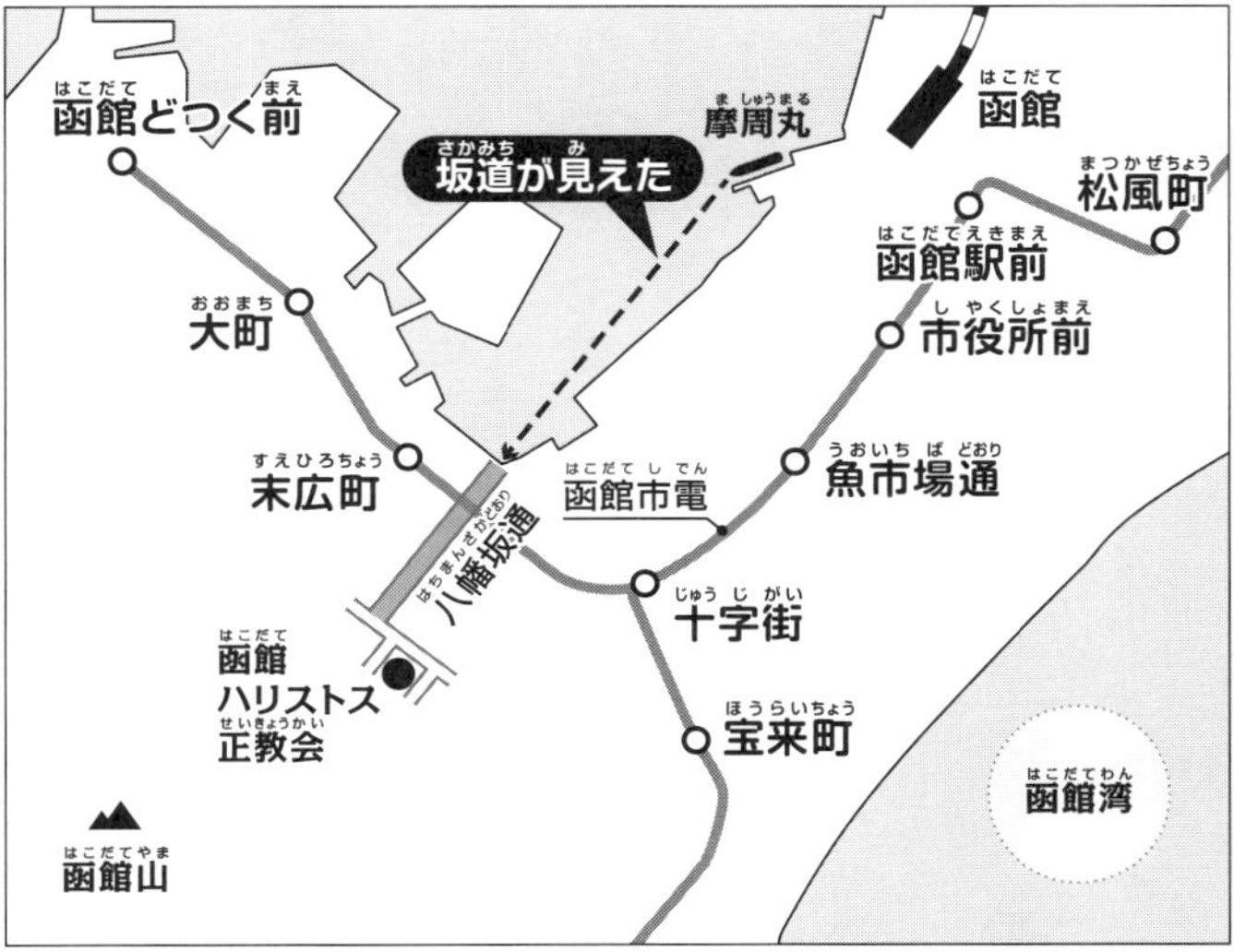

僕《ぼく》らは連絡船《れんらくせん》の甲板《かんぱん》で大《おお》きくジャンプした。

その瞬間《しゅんかん》、未来《みらい》だけはすっと後《うし》ろへ離《はな》れて、あのフィルムカメラを飛《と》び上《あ》がる僕《ぼく》らに向《む》けた。

カシャン！

とっても小気味《こきみ》いい音《おと》が北海道《ほっかいどう》の青《あお》い空《そら》に響《ひび》く。

着地《ちゃくち》した僕《ぼく》は未来《みらい》に聞《き》いた。

「いい写真《しゃしん》撮《と》れた？」

未来《みらい》はおどけた顔《かお》で首《くび》を横《よこ》へ傾《かたむ》ける。

「それが……現像《げんぞう》してからじゃないと、わからないのよねぇ～」

そんな未来《みらい》のポーズがおもしろくって僕《ぼく》らは「あっはは」と大《おお》きな声《こえ》で笑《わら》った。

11 未来《みらい》は……

摩周丸《ましゅうまる》から出《で》た僕《ぼく》らは、函館駅前《はこだてえきまえ》から函館市電《はこだてしでん》に乗《の》り、そこから四《よっ》つ先《さき》の末広町《すえひろちょう》って電《でん》停《てい》で下車《げしゃ》した。

そして八幡坂《はちまんざか》を全速力《ぜんそくりょく》で駆《か》けあがった。八幡坂《はちまんざか》は函館港《はこだてこう》からまっすぐ函館山《はこだてやま》に続《つづ》いている坂《さか》で、輝《かがや》く海《うみ》と青函連絡船《せいかんれんらくせん》の桟橋《さんばし》がどこからでも見《み》えた。

函館《はこだて》ハリストス正教会《せいきょうかい》は、その坂《さか》の上《うえ》にあった。

見学《けんがく》が許《ゆる》されている時間内《じかんない》であれば、拝観献金《はいかんけんきん》二〇〇円《えん》を払《はら》えば観光客《かんこうきゃく》でも中《なか》を見学《けんがく》できる。

そして教会《きょうかい》の奥《おく》には、美《うつく》しい祭壇《さいだん》があった。

たくさんの絵《え》がはめこまれ、天井《てんじょう》からは金《きん》に輝《かがや》くシャンデリアが吊《つ》られていて、とても厳《おごそ》かな雰囲気《ふんいき》。

「ここだ！　ここに違《ちが》いない。ひいおじいさまはここに来《き》たんだ。そして、親友《しんゆう》と再会《さいかい》したんだ……」

頬《ほお》を紅潮《こうちょう》させたレオンは、正面《しょうめん》の祭壇《さいだん》に向《む》かって静《しず》かにひざまずき、手《て》を組《く》み、しばらくの間《あいだ》、祈《いの》りをささげた。

「なんだか、ひいおじいさまの懐《なつ》かしい声《こえ》が聞《き》こえたような気《き》がする」

立《た》ち上《あ》がったレオンはうっすら涙《なみだ》ぐんでいた。

僕《ぼく》らも胸《むね》がいっぱいになった。けれどのんびりしてはいられない。

短《みじか》い時間《じかん》だったけど、しっかりとその教会《きょうかい》を目《め》に焼《や》きつけて、僕《ぼく》らは函館《はこだて》へと急《いそ》いで戻《もど》った。

そして、函館発《はこだてはつ》16時《じ》51分《ぷん》のはこだてライナーにすべりこみ、新函館北斗《しんはこだてほくと》17時《じ》21分発《ぷんはつ》のはやぶさ34号《ごう》に乗《の》り継《つ》ぐことに成功《せいこう》した。

帰《かえ》りはブルクハルトさんに邪魔《じゃま》されることなく、うまくグリーン車《しゃ》のシートを回《まわ》せたレオンだったが、最後《さいご》の二時間《じかん》、走《はし》りまくった疲《つか》れが出《で》たのか、大樹《たいき》だけは、新函館北斗《しんはこだてほくと》を出《で》てすぐに眠《ねむ》りこんでしまった。

新函館北斗《しんはこだてほくと》から日曜日《にちようび》の夕方《ゆうがた》に、新幹線《しんかんせん》に乗《の》って帰《かえ》る人《ひと》って少《すく》ないのかな？

帰《かえ》りの車内《しゃない》にはお客《きゃく》さんは僕《ぼく》らだけ。シュンシュンという走行音《そうこうおん》が心地《ここち》よく響《ひび》いている。

「函館《はこだて》ハリストス正教会《せいきょうかい》は、住民《じゅうみん》からは『ガンガン寺《でら》』って言《い》われてるらしい」

ブルクハルトさんから渡《わた》された資料《しりょう》を見《み》ながら、レオンが言《い》う。

「ガンガン寺《でら》〜？　小学生《しょうがくせい》がそう言《い》ってるんじゃなくて？」

未来《みらい》は噴《ふ》きだしそうになるのをこらえながらたずねた。

「時間《じかん》になると、塔内《とうない》にあるたくさんの鐘《かね》を、リズミカルに何十回《なんじゅっかい》も打《う》ち鳴《な》らすそうだよ。

だからそう呼《よ》ばれているらしいんだけど、確《たし》かに……言《い》いだしたのは小学生《しょうがくせい》かもな」

顔《かお》を見合《みあ》わせて、僕《ぼく》らはふふっと笑《わら》った。

レオンがしみじみと言《い》う。

「本当《ほんとう》によかった、あの教会《きょうかい》に行《い》くことができて。……不思議《ふしぎ》なことだが、教会《きょうかい》の中《なか》へ入《はい》った瞬間《しゅんかん》、私《わたし》は『あっ……ここは一度来《いちどき》たことがある』って感《かん》じたんだ」

それって……どういうこと？

「でも、レオンが函館《はこだて》に来《き》たのは初《はじ》めてなんでしょ？」

僕《ぼく》は、素直《すなお》に聞《き》いていた。

「ああ、そうだ。どうしてなんだろうな。私《わたし》はひいおじいさまの血《ち》を継《つ》いでいる。もしかしたら、その遺伝子《いでんし》の中《なか》に、ひいおじいさまの思《おも》い出《で》も入《はい》っているのかもしれないって、そんな気《き》がするんだ……」

レオンは、すっと右手《みぎて》を胸元《むなもと》に置《お》いた。

「うん……。そういうこと、あるかもね」

レオンの様子《ようす》をじっと見《み》ていた未来《みらい》も、そう言《い》って胸《むね》に手《て》を当《あ》てて目《め》をつぶる。

そして、レオンと未来《みらい》は真剣《しんけん》な表情《ひょうじょう》で話《はな》し続《つづ》けた。

記憶《きおく》の遺伝子《いでんし》があるのかどうか、それはわからないけれど、二人《ふたり》の話《はなし》を聞《き》いていると、だんだん、そういうことがあってもおかしくないと僕《ぼく》も思《おも》えてきた。

「日本《にほん》の親友《しんゆう》さん、必死《ひっし》になってカメラを届《とど》けたんだろうな、って今《いま》ならすごくよくわかる気《き》がするんだ」

フィルムカメラを見《み》つめながら、未来《みらい》が言《い》う。

「ここに入《はい》ってるフィルム、とっても大事《だいじ》だもんね」

「ああ、そうだな。うまく撮《と》れていたら送《おく》ってくれよ」

未来《みらい》の言葉《ことば》に、レオンはちょっと涙《なみだ》ぐんだみたいだった。

「その親友《しんゆう》さんって、どんな感《かん》じの人《ひと》だったのかな」

「……私《わたし》は、ひいおじいさまに、日本《にほん》の親友《しんゆう》と出会《であ》った時《とき》のことを何度《なんど》も聞《き》いた。その時《とき》の印象《いんしょう》を『まるでマリアさまが地上《ちじょう》に降《お》り立《た》ったようだった』と、言《い》っていたよ」

えっ!? マリアさま?

一瞬《いっしゅん》、聞《き》き間違《まちが》いかと思《おも》った。

「まさか、日本《にほん》の親友《しんゆう》って女《おんな》の人《ひと》だったの!?」

未来《みらい》と僕《ぼく》は顔《かお》を見合《みあ》わせた。

「女性《じょせい》だよ。言《い》ってなかったか?」

僕《ぼく》は口《くち》をとがらせた。

「聞《き》いてないよ。ひいおじいさんの親友《しんゆう》っていうからてっきり男《おとこ》の人《ひと》かと……」

すると、レオンは前《まえ》の席《せき》に座《すわ》る未来《みらい》をふっと見《み》た。

「じゃあ……、未来《みらい》は雄太《ゆうた》の親友《しんゆう》じゃないのかい？」

「もちろん！　未来《みらい》は僕《ぼく》の親友《しんゆう》で大事《だいじ》な鉄《てつ》トモさっ！」

するとレオンは、僕《ぼく》の顔《かお》を見《み》つめた。

「その上《うえ》、未来《みらい》は雄太《ゆうた》のガールフレンドでもあったりして？」

「はぁ？」「へぇ!?」

僕《ぼく》と未来《みらい》はまた顔《かお》を見合《みあ》わせ、同時《どうじ》にぷっと噴《ふ》きだした。

ガールフレンドって。まさか。

未来《みらい》のことを、女《おんな》の子《こ》として「好《す》き」とか「嫌《きら》い」って、考《かんが》えたこともない。

それは、未来《みらい》も同《おな》じだろう。

僕《ぼく》と未来《みらい》はあっははと笑《わら》いながらヒラヒラと手《て》を振《ふ》った。

「未来《みらい》は大切《たいせつ》な仲間《なかま》。大事《だいじ》な鉄《てつ》トモだよ」

「そうそう。雄太《ゆうた》も大樹《たいき》君《くん》も、七海《ななみ》ちゃんもね。雄太《ゆうた》がボーイフレンドとか、絶対《ぜったい》、ありえない！」

未来《みらい》が、絶対《ぜったい》というところに力《ちから》を入《い》れて言《い》う。

そこまで言《い》わなくてもいいんじゃないのと突《つ》っこみたくなったが、やめといた。

その瞬間《しゅんかん》、はやぶさ34号《ごう》は青函《せいかん》トンネルへと突入《とつにゅう》した。

とたんに未来《みらい》が、「海底駅《かいていえき》を撮《と》らなくちゃ！」とデッキに向《む》かって飛《と》び出《だ》していく。

「そういえば、その親友《しんゆう》の名前《なまえ》も言《い》ってなかったよな」

「うん、なんて名前《なまえ》？」

もしかして、また新《あたら》しい謎《なぞ》？

「……ライカ。漢字《かんじ》で『来《く》る夏《なつ》』と書《か》いて、来夏《らいか》って名前《なまえ》なんだそうだ」

「きれいな名前《なまえ》だね。今度《こんど》はその人《ひと》を探《さが》しちゃう？」

レオンと話《はな》しているうちに、車窓《しゃそう》に海底駅《かいていえき》が映《うつ》って流《なが》れていく。

さよなら、北海道《ほっかいどう》。

この楽《たの》しかった旅《たび》の記憶《きおく》も、僕《ぼく》の遺伝子《いでんし》に記憶《きおく》されるのかな。

そんなことを考《かんが》えていると、急《きゅう》にまぶたが重《おも》くなった。

新幹線《しんかんせん》の走行音《そうこうおん》は眠《ねむ》りを誘《さそ》う音楽《おんがく》のようだった。


（おしまい）

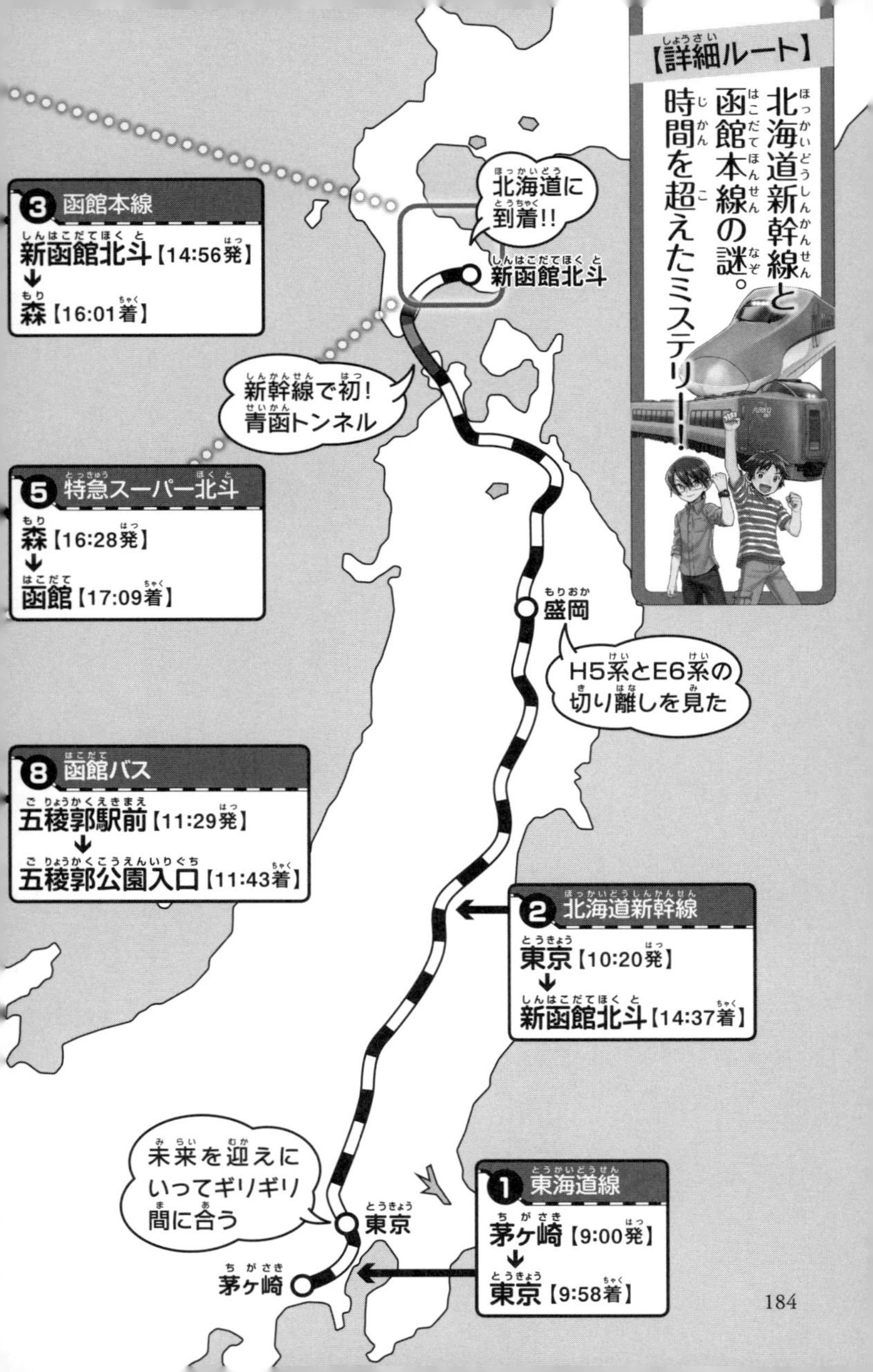
【詳細《しょうさい》ルート】
北海道新幹線《ほっかいどうしんかんせん》と函館本線《はこだてほんせん》の謎《なぞ》。時間《じかん》を超《こ》えたミステリー！
北海道《ほっかいどう》に到着《とうちゃく》!!
新函館北斗《しんはこだてほくと》
新幹線《しんかんせん》で初《はつ》！青函《せいかん》トンネル
盛岡《もりおか》
H5系《けい》とE6系《けい》の切《き》り離《はな》しを見《み》た
未来《みらい》を迎《むか》えにいってギリギリ間《ま》に合《あ》う
東京《とうきょう》
茅ヶ崎《ちがさき》
3 函館本線
新函館北斗《しんはこだてほくと》【14:56発《はっ》】
↓
森《もり》【16:01着《ちゃく》】
5 特急《とっきゅう》スーパー北斗《ほくと》
森《もり》【16:28発《はっ》】
↓
函館《はこだて》【17:09着《ちゃく》】
8 函館《はこだて》バス
五稜郭駅前《ごりょうかくえきまえ》【11:29発《はっ》】
↓
五稜郭公園入口《ごりょうかくこうえんいりぐち》【11:43着《ちゃく》】
2 北海道新幹線《ほっかいどうしんかんせん》
東京《とうきょう》【10:20発《はっ》】
↓
新函館北斗《しんはこだてほくと》【14:37着《ちゃく》】
1 東海道線《とうかいどうせん》
茅ヶ崎《ちがさき》【9:00発《はっ》】
↓
東京《とうきょう》【9:58着《ちゃく》】

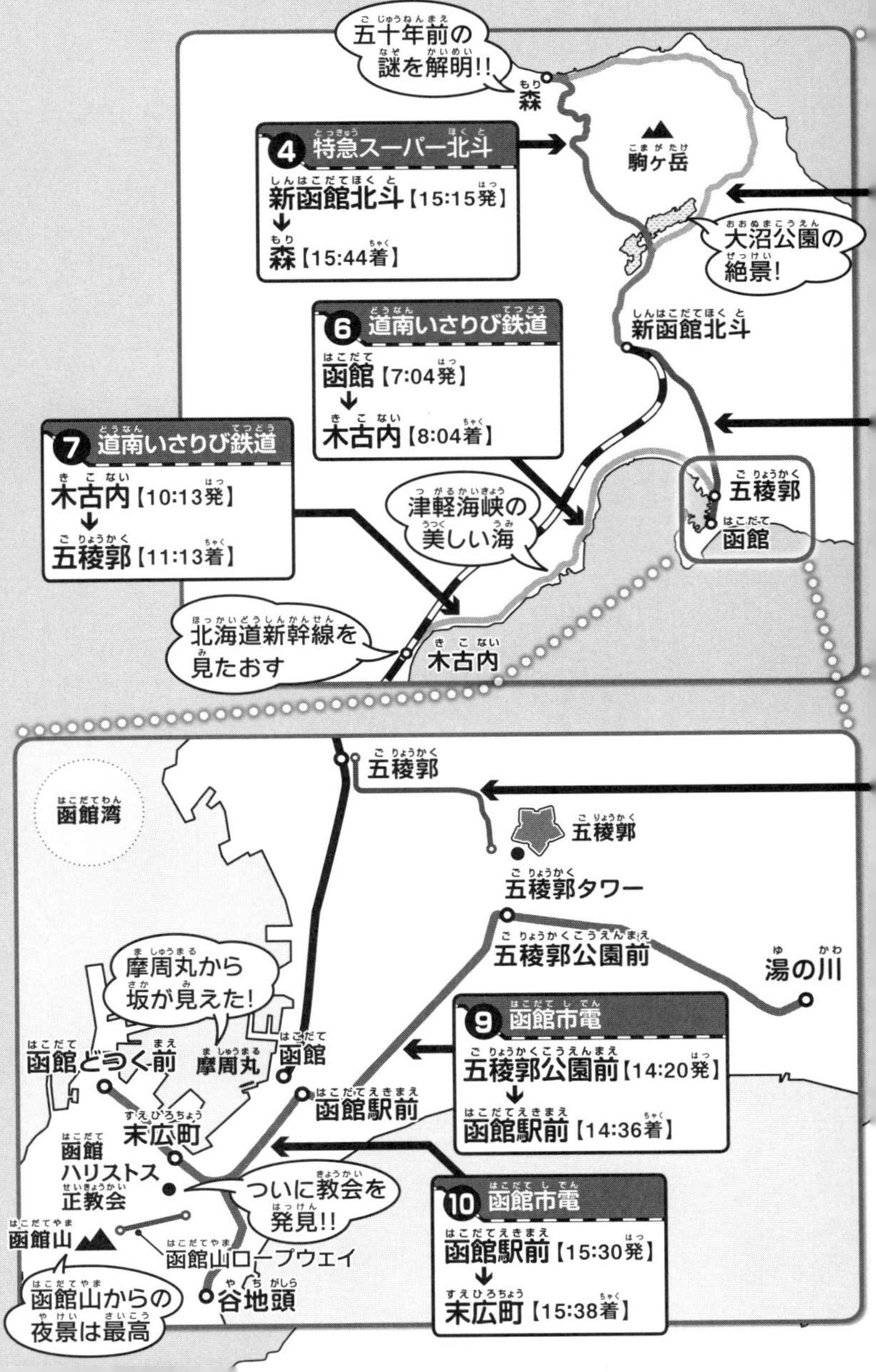

五十年前《ごじゅうねんまえ》の謎《なぞ》を解明《かいめい》!!
森《もり》
駒ケ岳《こまがたけ》
4 特急《とっきゅう》スーパー北斗《ほくと》
新函館北斗《しんはこだてほくと》【15:15発《はっ》】
森《もり》【15:44着《ちゃく》】
大沼公園《おおぬまこうえん》の絶景《ぜっけい》!
6 道南《どうなん》いさりび鉄道《てつどう》
函館《はこだて》【7:04発《はっ》】
木古内《きこない》【8:04着《ちゃく》】
新函館北斗《しんはこだてほくと》
7 道南《どうなん》いさりび鉄道《てつどう》
木古内《きこない》【10:13発《はっ》】
五稜郭《ごりょうかく》【11:13着《ちゃく》】
津軽海峡《つがるかいきょう》の美《うつく》しい海《うみ》
五稜郭《ごりょうかく》
函館《はこだて》
北海道新幹線《ほっかいどうしんかんせん》を見《み》たおす
木古内《きこない》
五稜郭《ごりょうかく》
函館湾《はこだてわん》
五稜郭《ごりょうかく》
五稜郭《ごりょうかく》タワー
五稜郭公園前《ごりょうかくこうえんまえ》
湯《ゆ》の川《かわ》
摩周丸《ましゅうまる》から坂《さか》が見《み》えた!
9 函館市電《はこだてしでん》
五稜郭公園前《ごりょうかくこうえんまえ》【14:20発《はっ》】
函館駅前《はこだてえきまえ》【14:36着《ちゃく》】
函館《はこだて》どつく前《まえ》
摩周丸《ましゅうまる》
函館《はこだて》
函館駅前《はこだてえきまえ》
末広町《すえひろちょう》
函館《はこだて》ハリストス正教会《せいきょうかい》
ついに教会《きょうかい》を発見《はっけん》!!
10 函館市電《はこだてしでん》
函館駅前《はこだてえきまえ》【15:30発《はっ》】
末広町《すえひろちょう》【15:38着《ちゃく》】
函館山《はこだてやま》
函館山《はこだてやま》ロープウエイ
谷地頭《やちがしら》
函館山《はこだてやま》からの夜景《やけい》は最高《さいこう》

あとがき

作者《さくしゃ》の豊田巧《とよだたくみ》です。今回《こんかい》はお知《し》らせがあります！　僕《ぼく》が原作《げんさく》を書《か》いている『きっぷでGO《ゴー》！』（ポプラ社《しゃ》）という鉄道《てつどう》コミックシリーズが発売《はつばい》されています。これも鉄道《てつどう》を舞台《ぶたい》に小学生《しょうがくせい》が大活躍《だいかつやく》する話《はなし》で、「あの新幹線《しんかんせん》を追《お》え」「青春《せいしゅん》18きっぷ　東京《とうきょう》～出雲《いずも》の旅《たび》！」という二冊《さつ》が出《で》ています。鉄道《てつどう》が大好《だいす》きなみんなは、時間《じかん》があったら読《よ》んでみてね。そして、今年《ことし》の夏《なつ》は『電車《でんしゃ》で行《い》こう！』のビッグニュースがいっぱい！

まず、大宮《おおみや》の鉄道博物館《てつどうはくぶつかん》で『鉄道博物館《てつどうはくぶつかん》』と『電車《でんしゃ》で行《い》こう！』のコラボイベントを開催《かいさい》。なかなか鉄道博物館《てつどうはくぶつかん》へ行《い》けなかった雄太《ゆうた》たちが、ついに上陸《じょうりく》しますよ（笑）。

そして、朝日小学生新聞《あさひしょうがくせいしんぶん》では七月《がつ》～九月《がつ》まで新作《しんさく》を毎日連載《まいにちれんさい》しています。その上《うえ》、六月《がつ》から八月《がつ》まで『電車《でんしゃ》で行《い》こう！』シリーズが三か月連続刊行《がつれんぞくかんこう》します。

というわけで、今年《ことし》も五冊《さつ》以上《いじょう》出《で》ますから、みんな応援《おうえん》よろしくね！

それでは、次回《じかい》の『電車《でんしゃ》で行《い》こう！』をお楽《たの》しみに！

集英社みらい文庫

電車《でんしゃ》で行《い》こう！

北海道新幹線《ほっかいどうしんかんせん》と函館本線《はこだてほんせん》の謎《なぞ》。時間《じかん》を超《こ》えたミステリー！

豊田《とよだ》 巧《たくみ》　作

裕龍《ゆうりゅう》ながれ　絵

ファンレターのあて先

〒101-8050　東京都千代田区一ツ橋 2-5-10　集英社みらい文庫編集部

いただいたお便りは編集部から先生におわたしいたします。

2016 年　7 月 27 日　第 1 刷発行

2025 年　4 月 26 日　第 4 刷発行

発 行 者　今井孝昭

発 行 所　株式会社 集英社

〒101-8050　東京都千代田区一ツ橋 2-5-10

電話　編集部 03-3230-6246

読者係 03-3230-6080

販売部 03-3230-6393（書店専用）

https://miraibunko.jp

装　　丁　高橋俊之（ragtime）　中島由佳理

編集協力　五十嵐佳子

印　　刷　TOPPAN クロレ株式会社

製　　本　TOPPAN クロレ株式会社

★この作品はフィクションです。実在の人物・団体・事件などにはいっさい関係ありません。

ISBN978-4-08-321328-1　C8293　N.D.C.913　186P　18cm

※作品中の鉄道および電車の情報は 2016 年 6 月のものを参考にしています。

電車で行こう！ 公式サイトオープン!!　https://www.denshadeiko.com

テーマ別《べつ》おすすめエピソード
旅《たび》
東京《とうきょう》から山口《やまぐち》まで長距離《ちょうきょーり》旅《たび》
エンドートラベル
第《だい》7弾《だん》
青春《せいしゅん》18きっぷ・1000キロの旅《たび》
撮影《さつえい》された場所《ばしょ》を探《さが》し出《だ》せ!
第《だい》2弾《だん》
60円《えん》で関東一周《かんとういっしゅう》
新幹線《しんかんせん》にも乗《の》れちゃう!?
第《だい》24弾《だん》
80円《えん》で関西一周《かんさいいっしゅう》!!
駅弁食《えきべんく》いだおれ463.9km《キロメートル》!!!
鉄道《てつどう》ファンなら一度《いちど》はしてみたい!
第《だい》36弾《だん》
対決《たいけつ》! 日本列島大縦断《にほんれっとうだいじゅうだん》!!
全新幹線《ぜんしんかんせん》を乗《の》り継《つ》げ
恋《こい》
さくらvs七海《ななみ》!?
恋《こい》のバトル宣戦布告《せんせんふこく》!!
第《だい》26弾《だん》
目指《めざ》せ! 東急全線《とうきゅうぜんせん》、
一日乗《いちにちの》りつぶし!
大樹《たいき》の大事《だいじ》な人《ひと》って……?
第《だい》16弾《だん》
北陸新幹線《ほくりくしんかんせん》とアルペン
ルートで、極秘《ごくひ》の大脱出《だいだっしゅつ》!
上田《うえだ》とのぞみが急接近《きゅうせっきん》!?
第《だい》37弾《だん》
フリーきっぷで乗《の》りたおせ!
名鉄《めいてつ》ナゾ駅《えき》ツアー
遠藤《えんどう》さんが佐川《さがわ》さんに告白《こくはく》!?
第《だい》29弾《だん》
西武鉄道《せいぶてつどう》コネク
ション! 52席《せき》の
至福《しふく》を追《お》え!!

制限時間《せいげんじかん》は20分《ぷん》。
全員見《ぜんいんみ》つけたら、100万円《まんえん》!

新日本《しんにほん》かくれんぼ協会会長《きょうかいかいちょう》・隠密《おんみつ》マサルの命《めい》を受《う》けた少年《しょうねん》のひと言《こと》で、
突如始《とつじょはじ》まった小学校《しょうがっこう》でのかくれんぼ勝負《しょうぶ》！　果《は》たして、勝負《しょうぶ》の行方《ゆくえ》は、いかに！
小学生《しょうがくせい》の小学生《しょうがくせい》による小学生《しょうがくせい》のためのかくれんぼ、今《いま》、始《はじ》まる……！

新日本《しんにほん》かくれんぼ協会《きょうかい》 小学生《しょうがくせい》支部《しぶ》
メンバーを探《さが》せ!!

新しいカギ
学校かくれんぼ
オリジナルストーリー
小学生《しょうがくせい》のガチバトル！
あの人気《にんき》番組《ばんぐみ》企画《きかく》がまさかの小説《しょうせつ》に!?
土曜《どよう》よる8時《じ》フジテレビ系列《けいれつ》にて放送中《ほうそうちゅう》
CHOCOLATE PLANET
新しいカギ（フジテレビ）・原案
小川 彗・著　みもり・絵
大好評《だいこうひょう》発売中《はつばいちゅう》！
学校《がっこう》か

「みらい文庫《ぶんこ》」読者《どくしゃ》のみなさんへ

言葉《ことば》を学《まな》ぶ、感性《かんせい》を磨《みが》く、創造力《そうぞうりょく》を育《はぐく》む……、読書《どくしょ》は「人間力《にんげんりょく》」を高《たか》めるために欠《か》かせません。たった一枚《いちまい》のページをめくる向《む》こう側《がわ》に、未知《みち》の世界《せかい》、ドキドキのみらいが無限《むげん》に広《ひろ》がっている。これこそが「本《ほん》」だけが持《も》っているパワーです。

学校《がっこう》の朝《あさ》の読書《どくしょ》に、休《やす》み時間《じかん》に、放課後《ほうかご》に……。いつでも、どこでも、すぐに続《つづ》きを読《よ》みたくなるような、魅力《みりょく》に溢《あふ》れる本《ほん》をたくさん揃《そろ》えていきたい。読書《どくしょ》がくれる、心《こころ》がきらきらしたり胸《むね》がきゅんとする瞬間《しゅんかん》を体験《たいけん》してほしい、楽《たの》しんでほしい。みらいの日本《にほん》、そして世界《せかい》を担《にな》うみなさんが、やがて大人《おとな》になった時《とき》、「読書《どくしょ》の魅力《みりょく》を初《はじ》めて知《し》った本《ほん》」「自分《じぶん》のおこづかいで初《はじ》めて買《か》った一冊《いっさつ》」と思《おも》い出《だ》してくれるような作品《さくひん》を一所懸命《いっしょけんめい》、大切《たいせつ》に創《つく》っていきたい。

そんないっぱいの想《おも》いを込《こ》めながら、作家《さっか》の先生方《せんせいがた》と一緒《いっしょ》に、私《わたし》たちは素敵《すてき》な本作《ほんづく》りを続《つづ》けていきます。「みらい文庫《ぶんこ》」は、無限《むげん》の宇宙《うちゅう》に浮《う》かぶ星《ほし》のように、夢《ゆめ》をたたえ輝《かがや》きながら、次々《つぎつぎ》と新《あたら》しく生《う》まれ続《つづ》けます。

本《ほん》を持《も》つ、その手《て》の中《なか》に、ドキドキするみらい——。

本《ほん》の宇宙《うちゅう》から、自分《じぶん》だけの健《すこ》やかな空想力《くうそうりょく》を育《そだ》て、〝みらいの星《ほし》〟をたくさん見《み》つけてください。そして、大切《たいせつ》なこと、大切《たいせつ》な人《ひと》をきちんと守《まも》る、強《つよ》くて、やさしい大人《おとな》になってくれることを心《こころ》から願《ねが》っています。

2011年《ねん》　春《はる》

集英社《しゅうえいしゃ》みらい文庫編集部《ぶんこへんしゅうぶ》